法庭新聞怎麼做？

《法庭線》編輯記者思考手記

第一章：追尋真相與公義路上

MIRROR 演唱會墜屏案被告無罪　責任誰屬？ 09

詹培忠兩億賣殼案　不起眼的金融犯罪 15

《白日之下》重現殘疾院舍黑幕 19

「康橋之家」性侵案　3 分鐘片段內容曝光 21

馬家健冤案　師爺如何誤導認罪？ 26

47 人案庭外　排隊旁聽有錢收？ 30

47 人案裁決　「判詞先係主角」 35

721 非白衣人案審訊　畫面的重要 39

721 非白衣人案　刑期數字之外 43

831 五年整合　監警會報告補遺 48

同性伴侶替代框架　裁決能否推動改變？ 51

房屋和遺產覆核案終極勝訴　同志平權一步一腳印 55

還記得鄧桂思嗎？ 59

粉嶺高球場覆核案　揭示環評報告疏漏 62

大坑西邨重建收樓案　法官親自整理居民狀書 66

北角車禍命案　律政司混淆法律原則？ 70

《幻愛》放映會限聚令案撤控　謎團未解 73

第二章：法庭現場

實習記者初體驗：法庭採訪有幾難？ 77

實習記者成長記：怎樣盡力記錄？ 79

聽障青年襲警案　聾人有沒有公平審訊？ 83

採訪手記：聽障青年襲警案　他的道謝為我打氣 88

採訪手記：與南丫海難家屬走過的 11 年 92

南丫海難：未解的心結　不能觸碰的痛 98

採訪手記：支聯會案判詞的黑色方塊 102

林卓廷披露廉署調查案　終極上訴現場 110

採訪手記：清潔工疑遭磚擊斃　與別不同的謀殺案 117

法庭特寫：虐殺男嬰案　狹小法庭內公義如何伸張？ 124

謀殺案報道限制與法庭特寫 136

採訪手記：梁健輝案　一場平靜結束的死因研訊 139

第三章：走入編輯室　如何說好法庭故事

為法庭新聞「平反」 145

為甚麼我們不報道？ 148

IG 圖字數多與少 151

一圖讀得懂？ 155

一人影像部 158

記者開咪　Podcast 登場 161

理大衝突數據分析專題背後 165

首獲新聞獎　努力記錄時代 167

推翻暴動罪的關鍵畫面 172

香港首次法庭聆訊直播 177

47 人案裁決日　法庭內外 179

47 人案判刑一刻　數據背後故事 184

「點解唔報裁決理據？」 189

當記者被恐嚇 193

法治死了嗎？ 196

如果沒有公民團體 200

第四章：內望司法制度與法律改革

「冤獄比放過有罪的人更不公義」 205

終院海外法官離任　香港有何損失？ 209

裁判官犯錯有無後果？ 212

一道屏風 215

性罪行法例何以急需改革？ 219

另類療法的法律空白 223

「賣豬仔」再現　販運人口無罪？ 226

遵從法律原意就能維護公義？ 229

「判刑後，然後呢？」 233

查探死因能否不問責任？ 237

第五章：守住法庭線　由跑新聞到學經營

啟航：守住記錄法庭這條線 243

《法庭線》一周年：一場未完的社會實驗 246

《法庭線》兩周年：如何讓讀者看得見？ 251

記《公民司法認知》出版 254

2025 年小媒體求存記 258

特別收錄

《法庭線》三周年專訪
茫茫大海中　航行了三個年頭的船 / 阿果 262

序

法庭新聞怎麼做？《法庭線》編輯記者思考手記

在今天的香港，讀者需要怎樣的法庭新聞？

近年社會氣氛改變，大眾看待法庭的態度亦隨之轉變。在資訊傳播碎片化的年代，新聞往往被過度簡化，用以印證各自的既有立場，亦有人選擇迴避，與新聞保持距離。

即使如此，記者仍然每天踏入法院，在現場記錄漫長審訊，一字一句細讀判詞，從法律辯論中尋找值得向讀者交代的報道。雖然庭上的爭論有時艱澀複雜，裁決未必如人意，但若沒有人仔細報道、梳理整個過程，我們便無法如實記錄法律制度下每天嘗試爭取公義的人與故事，無從趨近真相，戳破偏見，更難以建立理性對話與互相理解的基礎。

三年來，《法庭線》在變局之中摸索前行。本書所輯錄的，是我們最真誠的工作紀錄 —— 我們往返於法庭與編輯室之間，在資源有限的情況下，嘗試以不同方式呈現庭上的爭議與理據，將那些值得關注的案件帶到讀者眼前。但每一篇手記，除了記錄案件本身，也寫下了我們當下的思考：為何如此書寫？如何取捨？又有哪些限制，是我們一時難以跨越的？

「身在現場 見證記錄」從不止於記錄本身。我們更希望讓讀者看見法庭新聞的製作過程。這本手記五個章節涵蓋多宗法庭案件報道背後的故事、前線記者的第一身觀察與感受、編輯室的取材與新聞傳播的考量、對法律及司法制度的思考，以及經營一家小型媒體所面對的現實挑戰。

盼能從新聞工作者的角度，為大眾理解法庭新聞以至整體香港新聞行業，提供一個切入點。讀者如欲深入了解手記提及的案件詳情，可掃描文末附設的 QR 碼，查閱相關報道、人物專訪及案件整合，延伸閱讀，對照思索。

唯有公開透明呈現新聞製作過程，我們才能邀請讀者一同思考，理解客觀條件的限制、現實之複雜，以至我們與公義之間的距離。

願這份紀錄，能成為理解這個時代的其中一個起點。

《法庭線》編輯室

第一章

追尋真相與公義路上

判詞頒下，審訊落幕，我們走近真相與公義了嗎？

2025.6.30

MIRROR 演唱會墜屏案被告無罪 責任誰屬？

各位讀者：

男團 MIRROR 於 2022 年 7 月在紅館舉行演唱會期間，發生嚴重事故，巨型屏幕從天花墜下，壓傷兩名男舞蹈員。舞台工程總承辦商「藝能工程」及其延伸公司共 3 名職員，事後被控串謀欺詐罪。經過 16 日審訊，3 人於 2025 年 5 月被裁定罪名不成立。

法庭為何認為 3 人無罪？涉案屏幕又為何會突然墜落？《法庭線》記者早前整理審訊內容和法官頒下的 78 頁判詞，嘗試重組事故發生的前因後果，今期手記跟大家扼要重溫重點。

先說說 3 名被告在演唱會中的角色。

主辦單位「大國文化」於 2021 年籌辦 MIRROR 演唱會，聘用「藝能工程」為舞台工程總承辦商。案發時，首、次被告同為藝能的項目經理，負責統籌及監督舞台工程；第三被告則為另一公司「廣域策劃」的項目經理及燈光設計師。網上資料顯示，廣域為藝能的延伸公司。

演唱會牽涉多個單位，為何是這 3 人被控告呢？關鍵之一，是在事故發生後，警方發現藝能提供的負重表嚴重低估器材重量，10 項器材的實際重量較申報重量超出 3.2 倍，其中 6 塊 LED 屏幕超重 1.7 倍。

電郵紀錄顯示，這份負重表由第三被告發送給首被告，首被告再將文件提交康文署，並抄送次被告。控方又指，3 人曾出席演唱會準備會議，並解答工程公司問題，顯示他們知悉負重表內容，有責任確保向署方提交的資訊準確。

要達致「串謀欺詐」的定罪門檻，控方除了要證明負重表有不實陳述，還須證明被告知情並有意圖造假，且被告之間有協議欺騙康文署，法官在判詞中逐點分析。首先，就是否有人刻意造假，法官認為，負重表上申報的器材重量，採用了粗略估算數字計算，錯處非常明顯，種種跡象顯示草擬者是不小心、粗疏或缺乏經驗，而非故意虛報，否則他應該會避免留下如此明顯的錯處，以免在審核時被發現。

至於被告是否知道負重表有不實陳述，法官認為，案中沒證據證明 3 人有份草擬該負重表，而他們作為演唱會統籌或協調人員，很可能只曾粗略翻閱文件，然後將文件轉交給相關人員，未必有仔細留意內容，知悉屏幕的實際重量。此外，法官認為各被告均沒工程相關的專業知識，去核實負重表的數字，這本來亦非他們的職責。

2022 年 MIRROR 紅館演唱會（〈Wave. 流行文化誌〉提供相片）

那麼，被告有沒有意圖造假呢？法官認為，案中沒有人要求演唱會必須使用該批屏幕，多名證人，包括演唱會製作團隊、主辦單位等均同意，為保安全可更改舞台設計，反映各被告沒受壓虛報負重表，亦不會從中得益。法官亦信納，若被告於演唱會舉行前知悉屏幕超重，只需提出移除屏幕便可解決問題，毋須在負重表造假，因此沒意圖虛報。

針對「串謀」指控，法官同樣認為，控方未能證明 3 名被告如何、何時及為何要達成協議，以失實陳述誘使康文署批准演唱會進行，也沒有證據顯示 3 人曾就此討論。

由於控方舉證未能達致「串謀欺詐」的定罪門檻，3 名被告均獲判無罪。

那麼負重表出錯，有人要負責嗎？判詞透露，負重表很可能由藝能處理懸掛器材的部門草擬，並首次提到有文件顯示，負重表由一位叫「Makic Chiu」的人製作，惟審訊中沒有人提及「Makic Chiu」的角色。

另外，判詞指出，康文署依賴外聘顧問，包括「輝固工程」審批圖則，以決定是否批准演唱會進行，但「輝固」未有妥善履行職責，其中「輝固」的工程師未能發現圖表上多項錯處，不符專業水平。

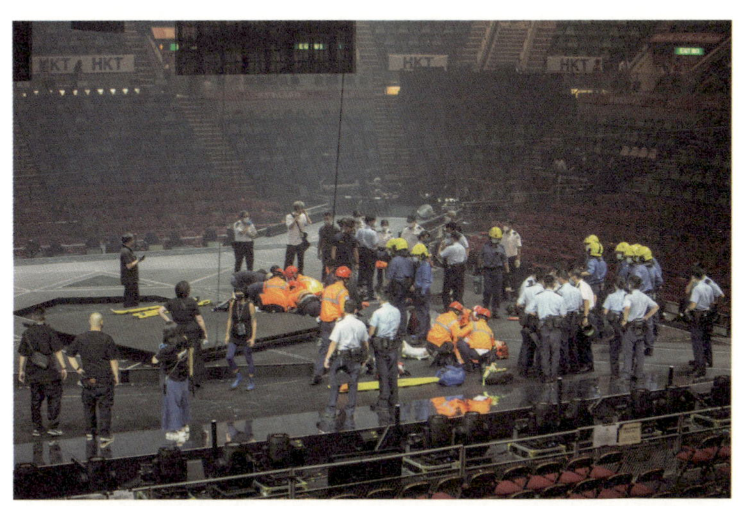

2022 年 7 月 28 日，巨型 LED 屏幕墜下，演唱會中斷。（讀者提供相片）

2022 年 MIRROR 演唱會意外後，見到懸掛屏幕的一條鋼纜鬆脫。（讀者提供相片）

說到這裡，或許大家最關心的，是為何屏幕會墜下？

雖然案件揭示涉案負重表錯漏百出，但法官採納專家分析指，負重表出錯並非導致屏幕墜落的原因，真正的主因是鋼索勞損致斷裂。判詞提到，有多個因素導致鋼索迅速老化，包括東莞分判商「銚龍」提供的鋼索及絞車系統不達標，粗製濫造，加快了鋼索磨損。

此外，證供揭示事故前一日，原來已有跡象顯示懸掛裝置出問題。在 MIRROR 演唱會第三場當日，其中一塊屏幕出現傾斜問題，由分判商「協興隆」負責檢查維修。專家指出，屏幕傾斜反映絞車系統有問題，若有人及時移除屏幕，本可避免意外。然而，審訊中並無「協興隆」或「銚龍」等代表作供，未能進一步了解這兩間公司在事故中的角色。

隨着案件審結，似乎仍留下不少疑問未解答。

《法庭線》編輯室

延伸閱讀：

MIRROR 演唱會事故案件整合｜
藝能等 3 職員串謀欺詐無罪
屏幕為何墜下？責任誰屬？

2025.4.1

詹培忠兩億賣殼案
不起眼的金融犯罪

各位讀者：

我們最近刊出專題報道，用 Q&A 方式整理前金融服務界立法會議員詹培忠的「兩億元賣殼案」，收視不錯，反映讀者可能也渴望這類報道。今期手記簡單說說這案。

詹培忠是香港股壇傳奇人物，由「佳寧案」的金牌經紀，到進入議會，在政商界人脈極廣。今次罪成，他獲得曾鈺成、曾俊華等代為求情，而案情更加揭露，連現任全國政協常委吳良好都是他的「人頭」，在案中代他持有、買入及出售股份。

大眾可能有印象，香港股市法規嚴謹，證監會、聯交所等監管機構活躍，投資者都有強力的保障，但審理詹培忠案的區院法官練錦鴻，在超過 48,000 字的中文判詞就詳細引述了廉署追查到的細節，揭示上市公司如何成為少數人謀利的工具。

據案情，詹培忠在卸任立法會議員翌年，就與內地商人馬鐘鴻達成「買賣殼」（即買賣上市公司）的協議，協助馬一方取得「亞洲資源控股」70% 至 75% 的股權，作價 2.1 至 2.3 億港元。

「買賣殼」本身不違法，事實上不少企業憑「借殼上市」的方式進入股票市場，過程都涉及購入足夠數量的股份，取得上市公司的控股權。詹培忠等人之所以罪成，關鍵是隱瞞了協議。

問題是，在公開市場眾目睽睽、內部與外部的監管之下，他們當初如何瞞天過海？

原來詹培忠的兒子詹劍崙，以「亞洲資源控股」公司主席的身分，提出要動用大筆資金收購廣州增城一個地產項目，而為了籌集足夠資金，需發行「可換股債券」。這個建議在董事局、股東大會獲得通過。

事後發現，大部分「可換股債券」原來都賣給了馬鐘鴻的「人頭」，馬藉此取得大部分股權，入主了「亞洲資源」，然後再用集資的錢，購買他自己的廣州增城項目。

據特赦證人的證供，詹培忠、詹劍崙在推進協議時都有私人利益，前者在股票買賣獲利至少數千萬元，後者會獲得一筆逾兩千萬的款項。如果我們是股東，可能都會問，兩人當初推動發行債券、收購項目，是為了私利，抑或公司整體利益呢？

如果詹劍崙有申報利益，交代背後的「買賣殼」協議，董事局、股東都能夠查問細節，再決定是否通過決議，但這樣做，作為大股東的詹培忠將會因涉及利益衝突，不能在股東大會投票，令通過決議的難度大增。

法官將詹培忠判囚，但考慮案件延誤及其社會貢獻，酌情減刑 14 個月，最終刑期為 34 個月。

法官形容，詹培忠等人隱瞞協議，是將上市公司視為私產，私相授受，他們明顯是不誠實，而選擇透過大量公司、證券戶口與「人頭」之間的交易，為馬鐘鴻取得股權，亦顯示他們是知道手法不誠實，最後裁定詹培忠與兒子罪成並判囚約 3 年（兩人已提上訴）。

金融犯罪通常不涉暴力，核心議題亦未必與人權、自由直接有關，可能不及其他類型的案件「搶眼」，但金融市場是香港的經濟命脈，它的運作、監管如何，莊家、大鱷是否受約束，小股東的利益是否獲保障，皆屬於重要的公眾利益。

不過這類案件非常繁複，即日報道很多時只能點到即止，停在裁決結果、判刑及法官評語，沒能深入案情，遑論探討議題。雖然法庭詳盡交代了裁決理據和案情，但媒體沒能跟進，非常可惜。

類似情況其實不少，又例如競委會的案件，地產代理、出版商如何被指控合謀定價，法庭程序揭示了甚麼細節，對消費者有何啟示，都非常值得探討。我們希望繼續努力，爭取更多支持、提升能力，將來能夠深入報道更多這類案件。

《法庭線》編輯室

延伸閱讀：

詹培忠兩億元賣殼案 Q&A：

賣殼不違法，為何要隱瞞？

小股東利益如何受損？

2023.10.16

《白日之下》重現殘疾院舍黑幕

各位讀者：

今次手記向各位推介電影《白日之下》，故事圍繞調查記者收到殘疾院舍懷疑虐待院友的線報，逐步揭發問題。

故事改編自真實事件，我在 2017 年加入《香港 01》調查組，當時組員已完成「殘疾院舍黑幕系列」報道，揭發兩間葵涌私營殘疾院舍有重大問題；當中，「康橋之家」被揭出有院友離奇死亡、遭性侵（《明報》亦深入跟進），而「國寶之家」則被揭發有院友遭虐待。報道奪得人權新聞獎其中一項大獎。

「康橋之家」於 2016 年被社署「釘牌」，是《殘疾人士院舍條例》生效後首間被「釘牌」的院舍。其前院長張健華，被控於 2014 年性侵中度智障女院友，惟律政司因當事人未能出庭而撤控；張 2018 年亦被社工註冊局永久「釘牌」，而他被性侵案事主的家人入稟循民事索償。

至於「國寶之家」，2019 年再被揭發院友毆鬥浴血事件，至今仍在社署的註冊名單上。

大家居住的社區有沒有院舍？它們大多開設於較舊的樓宇，通常在一至三樓、地面有獨立門口；院友的活動空間在樓上，如果從高位望入，會看到鋁窗的窗花後，有天花板的吊扇、劃出一格格空間的間隔。雖然院舍座落社區之中，但院友甚少進入居民的視野，不甚起眼。

《白日之下》訴說的故事，背景是那些在院舍中發生的剝削、虐待甚至侵犯，原來近在咫尺，只是社會「選擇」視而不見。近年院舍一位難求，而供不應求除了影響質素，亦影響政府監管的力度。若將院舍「釘牌」，如何安置院友是頭痛的問題，但「釘牌」以外的措施對惡劣業者又是否有足夠的阻嚇力，保護到角色甚為被動的院友？

香港的節奏很快，很多揭出重大社會問題的調查報道，「生命周期」很短，將製作報道的過程拍成電影，是以另一方式保存及傳播。今天有人慨嘆調查報道買少見少，但其實有心的調查記者們還在努力，對他們最好的支持，是繼續細看他們的作品，思考、理解當中揭出的社會問題。

「殘疾院舍黑幕系列」的數年之後，涉事前院長獲撤銷刑事檢控、其中一間院舍繼續營運兼再被揭問題。可能有人會說，「改變唔到，揭發都無用，讀者睇唔睇都係無分別」，但調查記者的思維常常是相反的：如果不公義沒被揭發，就永遠不會有改變。

信熙

2024.4.1

「康橋之家」性侵案 3 分鐘片段內容曝光

各位讀者：

這星期手記說說張健華案。這位葵涌私營殘疾院舍「康橋之家」的前院長，2024 年 3 月於涉性侵智障女院友的民事索償案敗訴，區院法官黃若鋒綜合證據指出，信納張健華曾經性侵女事主，下令他須賠償約 83.6 萬元。

兩日後，張於高院就另一民事案應訊後，在法院外回應敗訴，堅持「無非禮過佢呀 …… 我只係可以講話我無做過」；除了指法官不相信他，他亦質疑另一女院友為何拍到涉案片段，「為甚麼智障女院友又可以做到拍攝？」

翻查判詞，「康橋之家」分兩層，下層為女院友空間，上層為男院友空間，而院長辦公室是在下層。法官仔細分析涉案片段，閉路電視顯示在涉案日（2014 年 8 月 10 日）中午後，事主在書枱，張健華接近，而事主其後跟隨張進入院長辦公室，大約 3 分鐘之後，事主步出辦公室。

這大約 3 分鐘就是案件的關鍵時間，女事主一方指張在這段間侵犯了她。法官分析了由另一女院友 Kitty 當時在辦公室外拍攝、長逾一分鐘的片段；指辦公室有磨砂玻璃，所以片段只能模糊地反映房間內的情況，但認為房中人士的姿態、動作，足夠可供辨別。

法官隨後用文字仔細描述片段，共有 14 點，我們翻譯為中文如下：

(1) 片段開始時，顯示張站近辦公室門口，背對房門；

(2) 女事主在張前面，兩人距離近；

(3) 張的姿勢是微微向事主彎身；

(4) 在 00:06，張挺直身體；

(5) 在 00:11，張的動作是看似抱着前面，然後再彎身向前，比之前更斜；

(6) 在 00:11 至 00:21，張的右手有些動作；

(7) 在 00:22，張站起，而女事主可見在移動，畫面首次看到兩人之間有清楚分隔；

(8) 在 00:25 至 00:29，張的動作與將恤衫塞進褲頭或在弄褲頭吻合；

(9) 在 00:32，張走到房門，Kitty 將手機鏡頭朝下，看到她的腳掌；

(10) 在 00:39，Kitty 再將鏡頭朝向辦公室

(11) 在 00:47，女事主與張站着，兩人一同望向辦公室的右邊；

(12) 在 00:53，顯示女事主走近了張，頭傾斜；

(13) 在 01:02，女事主蹲下，似在地上拾起物件；

(14) 在 01:04，女事主到了房門，並打開了門，Kitty 此時將鏡頭朝下，對着自己的腳。

同日傍晚，女事主的母親到訪，期間 Kitty 給她看片段。判詞節錄了一段母親的證供：她問女兒「你喺張生間房做咩？」女兒回答說：「係張生佢自己除低條褲，唔係我，張生拎咗條嘢出嚟喺度整！」母親於是再問：「整邊度？」女兒很激動的答：「整屙尿嗰度！」

女事主母親其後與家人、社工討論，翌日按社工建議，以外出用餐為名接走女事主，一起到警署報案。另一邊廂，已得悉 Kitty 所拍片段的張，致電女事主母親，稱「唔好聽人亂講，冇呢啲事」。警方同日到「康橋之家」拘捕張。

法官在判詞亦分析了一些有利被告方的證據，例如指出 Kitty 所拍、另一長約 4 分鐘的片段，顯示姓關的保健員，在事發翌日向女事主詢問事發經過，而女事主當中兩次回覆，屬於難以理解（unintelligible）。

張健華亦曾出庭作供，他否認有性侵女事主，又質疑有人教唆事主誣衊他。對於警方在辦公室檢取到沾有他與事主 DNA 的紙巾，他辯稱是自瀆後遺下，不知為何會在辦公室出現，估計事主曾在紙巾上打噴嚏或吐口水等，致留下 DNA，並有人插贓嫁禍。

不過法官裁斷張並非誠實的證人，指其理據經不起推敲，亦始終未能解釋為何紙巾沾有他與事主的 DNA；又指張聲稱遭人插贓嫁禍一說極之牽強，而張辯稱事主在他自瀆過的紙巾上打噴嚏、吐口水致遺下 DNA，更屬荒謬。

張健華在法院門外回應民事案敗訴，堅持沒非禮過事主，「我只係可以講話我無做過」。

法官在裁決指出，信納張曾經性侵女事主，有故意侵權及疏忽行為責任，下令他承擔主要賠償約 83.6 萬元（總賠償額為 119.4 萬元，張佔七成，其餘三成由康橋的營運公司負責）。

對事後患上創傷後壓力症及思覺失調，而且終身不能回到庇護工場工作的女事主，以及其家人，這筆錢（即使更多）相信都難以彌補創傷。事實上，他們能否按法庭判決取得賠償乃未知之數，張已明言無力賠償，又稱擬提出上訴。

有讀者疑惑：張健華曾就同一事件於 2014 年面對刑事檢控，罪名是「與精神無行為能力的人非法性交」，律政司最後於 2016 年因事主不適宜作供而撤控，但今次女事主一方卻在民事索償案勝訴？

這是因為刑事案件與民事案件的舉證標準不同，前者必須達致「毫無合理疑點」，而後者是「相對可能性的衡量」，篇幅所限，若大家想了解多些，請看我們的法律 101 文章：刑事與民事訴訟。

除了舉證標準，或者更值得留意的是，刑事案舉證責任在於控方，而民事案舉證責任在原告一方。說到這裡，我們可以大概想像，女事主一方（由母親等代為入稟）在刑事案撤控後，經歷了多大努力才能重新面對事件，與律師準備足夠證據去說服法庭，他們經歷的種種比張的說詞更為可信。

《法庭線》編輯室

張健華在民事索償案敗訴後，申請上訴許可及暫緩執行賠償，於 2025 年 4 月被區域法院駁回，法官指張的理由不具備可供爭辯之處。性侵案事主及母親則針對張健華提出破產呈請，張在 2025 年 5 月被頒令破產，他稱會就民事案繼續上訴。

延伸閱讀：

法律 101

刑事與民事訴訟

2023.9.18

馬家健冤案
師爺如何誤導認罪？

各位讀者：

牽涉「馬家健案」的律師樓師爺陳強利，2023年9月承認串謀妨礙司法公正，被判囚3年。這案源自青年馬家健企圖販毒罪成的冤案，這星期的手記，我們翻查原訟庭、上訴庭的判詞，與大家簡單回顧事發經過。

2016年，香港海關截獲一件郵包內藏有一公斤可卡因，20歲的馬家健向海關承認，借出住址予拉麵店同事兼友人阿謙，而阿謙隨後被捕。阿謙的家人，亦即拉麵店的老闆，其後將師爺陳強利介紹予馬家健的爸爸，又着馬父毋須擔心律師費。

陳強利與馬家健會面時，向他指出沒機會脫罪，遊說馬認罪以獲取刑期扣減。馬家健起初向海關指，受阿謙指示收取郵包；但在陳強利的遊說下，馬簽署聲明稱決定認罪，換取控方撤銷所有針對阿謙的控罪。

還押的馬家健，其後再在懲教所寫下便條，書面指示律師樓向律政司及海關提出錄取補充證供，以「澄清」自己沒有收到任何人的指示收取郵包。

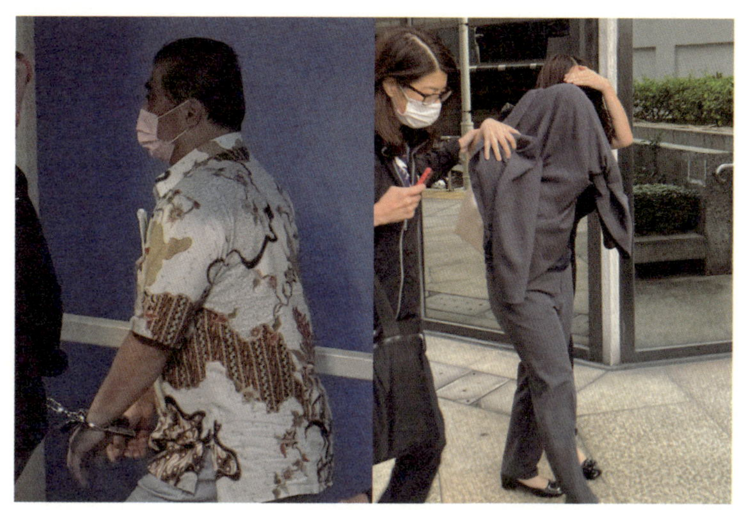

陳強利認罪後還押。張曉惠應訊期間，用衣服蓋着頭離開法院。

馬其後獲提供一份資料，讓他在再錄口供之前熟讀，內容提及自己為5,000元報酬答應替名為「強哥」的人收取郵包，而阿謙乃無辜，是被自己「陷害」。上訴庭的判詞，就以英文節錄出該份資料，以下是其中一段：

Actually, I originally said in my statement,
that it was Ah Him who told me to do so,
it was actually 'Keung Gor' who told me to do so.
I said it was Ah Him because Ah Him refused to pay me, and therefore I decided to drag him into this matter, afterwards I knew it was not right to do so, so I told my lawyers that Ah Him was innocent,
I was trying to set him up as 'Keung Gor'.

在陳強利誤導下，馬家健在原訟庭認罪。他還押時遇到囚友指出案件「好唔妥」，曾在大律師辦事處（chamber）送文件的馬父，亦獲舊僱主建議解僱律師團隊。馬家健之後改由新團隊代表，提出更改答辯，獲法官張慧玲批准。

張慧玲引用了不同證據，認為陳強利與其工作的律師樓是着重阿謙的利益，多於馬家健的利益，接納馬是非自願地認罪。

馬再次答辯時改為不認罪，案件由法官陳慶偉及陪審團審理。陳慶偉亦曾經在庭上表達對案中事實甚為不安，質疑是否要繼續檢控，惟當時主控指出，獲得刑事檢控專員的指示，繼續檢控。馬最後由陪審團裁定罪成，陳慶偉將他判囚 23 年。

結果馬家健在服刑約兩年後，即 2021 年上訴得直，獲撤銷定罪和判刑，但他由還押起計已失去自由 5 年。

協助馬成功上訴的港大法律學院首席講師張達明，於傳媒訪問中慨嘆，「一個咁勤奮嘅後生仔，無端端坐咗接近 5 年監」。他又透露，馬父在馬家健繫獄時因癌病逝世，令人惋惜。2023 年 9 月，陳強利在區院承認串謀妨礙司法公正，法官張潔宜指，陳準備不少文件誘導馬家健簽署，屬積極參與，斥責他作為法律工作者，卻濫用角色，誤導無辜的馬認罪，行為嚴重打擊公眾對司法制度及司法公義的信心，比一般阻他人出庭作供的案件更嚴重。

至於與陳強利一同被控、曾經代表馬家健提出認罪的大律師張曉惠，早前表明擬不認罪，已排期審訊。她於案中有何角色，又是否需負刑責，有待法庭作出裁定。

《法庭線》編輯室

張曉惠於 2024 年 3 月獲裁定串謀妨礙司法公正罪名不成立。區院法官張潔宜指，控方證人馬家健的證供「不盡不實、不可信」，指馬曾否認因收取包裹而獲得任何報酬，但在盤問下承認曾經收取 1,000 元。

法官同時對張曉惠的證供持保留態度，指既然馬一度提到，沒有受任何人指示收取涉案包裹，但張曉惠卻未有向馬作出澄清，並打算在求情時陳述馬是「受人指示」行事，做法「似乎違反大律師的專業守則」。法官基於不接納馬家健證供，未能在毫無合理疑點下證實張曉惠有罪，裁定她罪名不成立。

判詞提到，若全盤接納馬的證供，唯一合理推論是張曉惠「有份勸阻」馬家健在法律程序中說出真相，會裁定她罪成。

延伸閱讀：

馬家健案｜大狀張曉惠妨礙司法公正罪脫官指馬非誠實證人、對張說法有保留

2023.2.13

47 人案庭外
排隊旁聽有錢收？

各位讀者：

民主派初選 47 人案 2023 年 2 月 6 日在西九龍裁判法院開審，案件圍繞 2020 年籌辦、超過 60 萬人投票的一場初選。這場審訊公眾廣泛關注，法院外久未見的排隊旁聽人龍再現，有人帶同被鋪、摺椅，以及糧水到場，物資準備充足，但傳媒卻發現有人連聽甚麼案都說不清。

《法庭線》記者開審當日在法院外遇到一名 79 歲婆婆，她稱自己排了隊，也在法庭聽審大約一小時，她說聽聞可獲酬「150 蚊一個鐘」，然後問記者「邊度有錢收？」之後一日，記者目擊排隊人士在法院內持籌在胸前影相，涉違反法院範圍禁止拍照的規定。

記者再尾隨排隊頭 5 人，他們取得正庭籌號但開庭前分批離開，而與他們會合的男子，主動與記者交談，聲稱「接 order 帶幾個人嚟」，又謂通宵排隊可獲 1,000 元，而他可獲 1,500 元，惟「唔清楚」誰出錢。

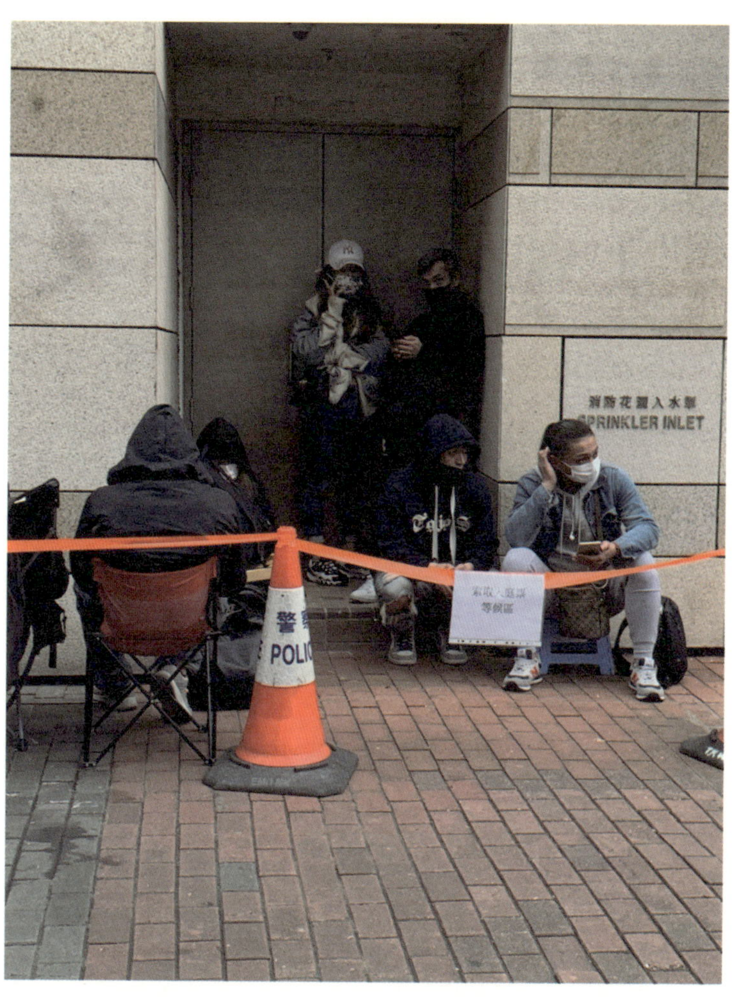

第二日審訊排隊頭數人，取籌後在開庭前離開。

行家連日跟進，《Hong Kong Free Press》記者拍攝到排隊數人離開法院後，在附近餐廳處理款項（were seen handling money）；《明報》記者拍攝到有排隊人士的手機螢幕，顯示有人在名為「二月六號」的 WhatsApp 群組問「冇人排隊？」;《獨媒》記者在隊伍中遇到一名男子，主動稱「你哋想聽（審），你哋問我哋，我哋搵啲朋友去」，聲稱籌號「價高者得」、「你要幾多張我幫你搞掂」。

《明報》亦刊出獨立記者鄭思思的〈通宵排隊聽審手記〉（她亦在網上發布 4 分鐘的片段），她在法院外通宵輪候，發現多人「領籌後不知所終，未見入庭」，「開審時，內庭（正庭）四十幾個公眾席大約有一半吉位。」她又發現排隊的人有部分清晨離開，由他人接更。她曾向離開的人追問原因，但對方沒回應。

取酬輪候及旁聽，有甚麼問題呢？

司法機構為 47 人案審訊，每日安排大約 400 個旁聽席，當中只有大約 40 個在正庭，其餘都在視像直播的延伸法庭。所有座位都要憑籌進入，籌號以「先到先得」及「一人一籌」方式派發，最先派發的就是正庭籌，然後再派發延伸庭籌。

按司法機構回覆，座位連日來供多於求，所有排隊人士都可取得籌號，進入法庭旁聽。聽起來，人人都可聽審，不過實況是有人想入正庭但入不到，同一時間，有排在隊頭、取得正庭籌的人，卻在開庭前離開法院。

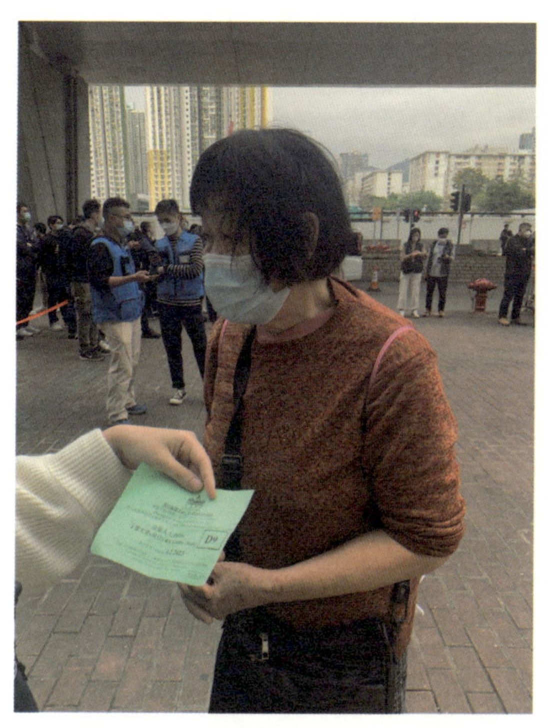

79 歲婆婆聽審後問記者「邊度有錢收？」

入不到正聽旁聽的人，包括接受《法庭線》訪問的李小姐（化名），她指雖然延伸庭都能聽到審訊，「但正庭可以觀察到法官、律師、被告嘅舉止同神情等細節」，在延伸庭就錯過了這些，「甚至連係邊位大狀企起身發言都睇唔清。」她說《國安法》是新法律，以致更想入法庭聽審，了解細節。

在這裡有段插曲。司法機構早前指，不會為持籌但沒入座者預留座位，而持籌者離座 15 分鐘，亦會收回座位重新分配。手持延伸庭籌的李小姐於是問職員，能否輪候進入正庭的「後備位」，對方卻指即使有空位都需先派畢延伸庭籌，才可以重新派發正庭籌，謂是法院機制訂明的做法，李小姐頓感失望。

司法機構也頗快回應，當晚回覆即指「會因應情況適時調整安排 …… 適度及有序地容許在法庭延伸部份的旁聽者，轉往聆訊法庭旁聽」。

取不到正庭籌，固然是因為不夠早到場；人在延伸庭，亦當然可以聽審。但當每晚排在隊頭的十數人，甚至幾十人，原來都因為可以取酬而早早到場，有人更提出籌號「價高者得」，公眾本可毋須付費而獲得的聽審機會，會否已變成牟利的工具？在這情況下，欲旁聽市民的權利有否受剝削？公開審訊和法院秩序是否完全不受影響？值得深思。

《法庭線》編輯室

延伸閱讀：

47 人案｜開審日法院外排隊頭數人
正庭大部分時間未見
另有婆婆聽審後問何處收錢

2024.6.25

47 人案裁決
「判詞先係主角」

各位讀者：

民主派初選 47 人案在 2024 年 6 月開始處理求情，首批是被指組織者的戴耀廷、區諾軒、趙家賢、鍾錦麟及吳政亨。其餘 5 批被告亦會在 7 至 8 月陸續處理。

原訟庭 3 名指定法官裁定 14 人罪成，裁決引來評論，例如法律學者陳文敏在電台訪問指，認為原訟庭的觀點值得商榷，稱若按照法院邏輯，「係咪意味連《基本法》本身都違反《國安法》？」

《明報》前總編輯劉進圖在專欄指，如立法機關多數派濫權、違憲，政府可訴諸法院，尋求推翻立法機關的決定，但控以顛覆罪的做法「顛覆了法治社會對『非法顛覆』的認知與想像」。

資深大律師、行會成員湯家驊就指出，審訊很公開、裁決的證供很詳細，顯示香港的普通法制度一如既往實行。他指今次原訟庭「破天荒定出較高要求」，即控方必須證明「雙重意圖」才可定罪，而且有兩名被告脫罪，認為反映普通法制度是非常嚴謹。

獲判無罪的劉偉聰步出法院，稱希望大眾繼續關注其他被告，強調判詞才是主角。

裁決引起迴響，惟公開評論仍需謹慎。終審法院前首席法官馬道立曾指出，司法機構誠然可被批評，但指由於這類批評可能帶有極為嚴重的指控，他認為批評必須有理可據，也要有適當的基礎及理由支持。

要了解裁決，最好由判詞入手。我們花了很多時間閱讀和分析3名法官的裁決理據，希望能簡明地報道，讓大眾能掌握多一點他們對證據的考量，以及達至結論的進路。

以法官裁斷「五大訴求不可能達成」為例，判詞的相關段落引用了區諾軒的證供，他指「最容易」達成的訴求即獨立調查也被拒絕。不過我們翻看庭上相關證供，鄒家成提及過他認為其中一項訴求，即「撤回暴動定性」已經實現。

兩人的供詞反映他們對「五大訴求」能否達成、如何達成，或有不同理解。主體判詞有引用前者，未有提及後者（亦未有明言有無考慮及採納）。而法官在鄒的個人案情部分提及，認為鄒嘗試與涉案謀劃劃清界線，總結認為其證供不可信。

判詞引用及沒有引用的證供，以至法官解釋採納或不接納的原因，都是裁決理據的重點。我們亦用這方法分析法官其他裁斷的理據，例如法官指普選訴求有要求特首下台的含意、「五大訴求缺一不可」即少一項都不行，詳見第一篇判詞分析報道〈47人案判詞分析 1｜初選被指違法的核心　原訟庭 3 法官：五大訴求不可能達成〉。

爬梳判詞、分析理據頗花時間，而在分析之後，盡量有條理地寫出報道也不容易。這類報道亦有一定程度艱深，較難消化，所以不會很多人閱讀，但對於渴求了解裁決的讀者卻很重要，所以我們還是希望盡力而為報道。

就如劉偉聰獲裁無罪後所說，「如果有任何主角，呢份判詞先係主角」，從判詞了解法官如何處理案件，「呢個先係對香港更加有意義嘅」。

《法庭線》編輯室

民主派初選 47 人案共有 45 名被告罪成，合共有 14 名被告提出上訴，包括不認罪 12 人鄒家成、吳政亨、何桂藍、余慧明、黃碧雲、林卓廷、楊雪盈、彭卓棋、何啟明、陳志全、鄭達鴻、梁國雄，他們提出定罪及刑罰上訴；以及認罪 2 人即譚得志、黃子悅，他們提出刑罰上訴。律政司另就劉偉聰的無罪裁決，以「案件呈述」方式提上訴。上訴庭排期在 2025 年 7 月 14 日一併處理，譚得志在聆訊開始前自行撤回上訴。

延伸閱讀：

47 人案判詞分析系列報道

2024.3.11

721 非白衣人案審訊畫面的重要

各位讀者：

我們最近比較忙碌，周一至周五都有重要案件的審訊和判決。元朗 721 林卓廷等 7 人被控在西鐵站暴動一案，終於展開辯方案情，由林卓廷率先作供。

案件在 2023 年 10 月開審時，控方指控儘管元朗警民關係警長勸告，林卓廷與助手仍前往元朗站，到達後，約 100 人大多數身穿黑色上衣，部分手持雨傘及行山杖，「開始與林在該處聚集」。控方續指控，林在付費區內「呼籲黑衣人不要後退」，甚至「指示黑衣人站在前面，並叫多些人從月台下來大堂與白衣人對峙」，又指控林與其他黑衣人「一起使用擴音器叫喊辱罵性及恐嚇性言詞，繼續挑釁白衣人」。

林卓廷出庭作供，說出他的版本。他說當日身處灣仔時，獲悉元朗「鄉頭吹大雞」，晚飯後到美孚站觀察，看到廚師受襲片段，亦獲悉有黑社會入元朗，就告知區議員黃偉賢，他會入元朗，並且致電元朗警民關係警長。林在盤問下同意，當時入元朗是想用立法會議員身分「畀壓力警方做嘢」。辯方又播放林 Facebook 的現場片段，就過程向林提問。

有一幕，畫面顯示閘外有穿黑衣人士遭數名白衣人襲擊，林庭上一度哽咽，指當時「唔敢跳出去保護嗰個人囉，真係好抱歉，唉（歎氣）」。林續稱，最初叫白衣人「唔好郁手」，但不果，然後想用鏡頭「影住佢哋，希望阻嚇佢哋」，亦沒作用，「似乎佢哋對呢啲完全無所顧忌，仲要口罩都唔使戴，耀武揚威，正面對住你向住鏡頭打人。」

片段顯示有穿黑衣人士，在站內非付費區被數名白衣人襲擊。林作供指「唔敢跳出去保護嗰個人囉，真係好抱歉」，一度哽咽。

又有一幕，法官陳廣池指白衣人移動往西鐵站的出口，問林卓廷是否同意白衣人與閘內人當時「距離遠咗」？林答稱，「遠離係相對，比最初遠咗啲 …… 但講緊十幾米範圍，我唔同意係遠咗囉。」官追問，「有冇諗住走？」林反問，「點樣走呀法官閣下？」官則指，「唔係你問我，我問你。」林則稱，正如早前所述，「我無諗過走啦，正如之前講隨時衝入嚟㗎嘛」。

法官陳廣池引片段畫面（右圖）指白衣人移動往西鐵站出口，問林卓廷是否同意「距離遠咗」？

721 案件有個特點，很多事情、變化發生在數分數秒之間，前一刻有白衣人群在閘機前聚集，下一刻白衣人群可能已移動至另處。這些瞬間變化，對涉案人當刻的判斷、決定有影響，例如為何留在現場抑或離開，因此是控辯案情的關鍵。

報道如果只靠文字、沒有畫面，讀者難以進入這些瞬間變化的現場環境，甚至無法理解控辯、法官與證人的對答。所以我們在 721 案的報道有個堅持，就是盡量附加庭上使用的片段、畫面（尤其因為 721 事件有很多網上影片、相片），讓讀者能容易進入庭上的案情爭議。當然，我們只能盡力找，有些資料例如港鐵站的 CCTV，因不是公開資料所以沒能找到。我們亦嘗試在每日報道用表做小整合，例如林卓廷供述 721 當日他的行動時序，讓讀者更容易掌握他的證供。

包括林卓廷在內的 721 非白衣人案，我們由一位記者負責，庭上記錄對答、記住每個關鍵畫面，整合證供重點，工作量頗大。與此同時，亦有 721 首宗白衣人案上訴，以及另一宗非白衣人案開審，由另外兩位記者負責，同樣是訊息量很大的審訊，需要很專注作記錄。我們會繼續努力報道。

《法庭線》編輯室

2025.3.1

721 非白衣人案
刑期數字之外

各位讀者：

元朗 721 事發已經超過 5 年半，由 2023 年 7 月至 2025 年 3 月，律政司暫未有提出新的檢控。已起訴的案件中，隨着林卓廷等 7 名非白衣人一案剛剛在區院審結，目前只剩一案仍在處理，被告是被指為白衣人的王志榮，他原審獲裁無罪，但上訴庭發還重新考慮。

今期手記，說說林卓廷案判刑的 3 個焦點。

第一個焦點落在刑期。我們整理了 721 至今 20 名罪成被告的量刑起點，比較之下，12 名白衣人的起點明顯較重，有 6 人的暴動罪以區院判刑上限 7 年為起點，而該 12 人都同時被起訴傷人或串謀傷人罪，亦加重了刑責。

罪成非白衣人的量刑起點大部分為 3 年或以下，均低於白衣人，唯獨林卓廷與白衣人黃英傑一樣，同以 3 年半為起點。

林卓廷　　庾家豪　　陳永晞

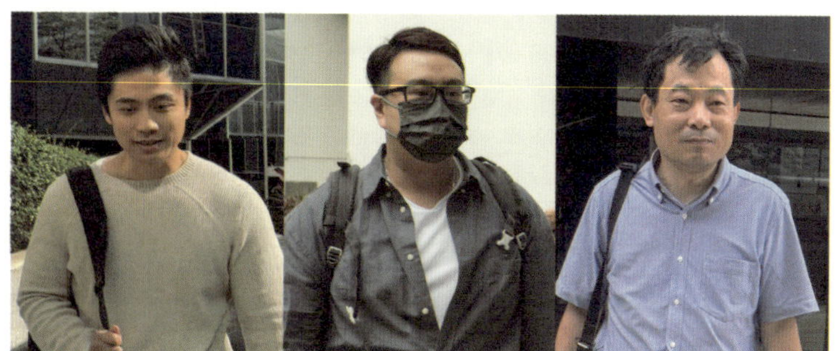

葉鑫昇　　鄺浩林　　尹仲明

楊朗

7 名參與暴動罪成的非白衣人，均已提出上訴。

我們翻閱判詞，黃英傑在閘機外指罵林卓廷「搞事」，被法官葉佐文質疑「毫無道理」。但在黃被判罪成的數年後，林亦被裁定暴動罪成，法官陳廣池指他在閘內暴動角色「明顯不過」。兩案的證據不同，裁決未必能直接比較，但量刑起點一致，顯示法官認為林的刑責比其他非白衣人重，甚至達到白衣人（沒持武器或襲擊他人者）的程度。

第二個焦點落在求情，罪成的 12 名白衣人，除黃英傑曾經醉駕，其餘 11 人全部有不同案底，包括身為黑社會成員、勒索、刑毀、傷人、聚賭等（部分早年定罪，官判刑時不考慮）。

8 名罪成的非白衣人則不但沒案底，更是獲身邊的人力證品格良好、正直無私。林卓廷等 7 人的求情信令人動容：廉署前上司指林擇善固執；庾家豪胞弟說他為人正義；陳永晞妻子堅信丈夫是一時衝動，在陳被捕後仍付託終身；葉鑫昇 3 名胞姊說他是好兒子、好丈夫、好爸爸，他的兒子望他早日離開獄中鐵床；鄺浩林的胞姊指他為爸爸入院、離世而自責；前僱主指尹仲明為人仗義，舊同事說他無私；楊朗胞弟說他有正義感。

這些法官引述的求情內容在在指出，雖然同樣被裁定暴動罪成，但非白衣人與白衣人案的被告，背景可謂截然不同。親友亦談及案件對各被告人生的影響，說他們數年前被捕已經失去工作、自由，變得沉默、自責。他們自行撰寫的求情信則稱對家人深感愧疚、悔恨難眠。

第三個焦點是對事件的補充。林卓廷一案，有不少證人是第一次出庭作供，包括證實收到「鄉事吹大雞」情報的警長、確認一直在車站監察 CCTV 並多次向元朗警區行動室匯報的警長和警員，以及港鐵車站管理人員和車長、在雞地遭白衣人圍毆的廚師等等，當然亦包括身處閘機內現場的被告。

證人供詞補充了 721 事件很多細節，我們整理這些零碎的證詞，嘗試重組時間線，並將被告的涉案言行重新放入時序中理解。

例如，在各人喊話、擲物及射水之前，陳永晞目擊白衣人第一波襲擊，有女士被追打，他亦被指嚇；林卓廷在網上看到廚師受襲。另一方面，警方雖然一直在各地點監察白衣人的情況，但只派出 3 名軍裝到場（不久就離開），由數十警員組成的快速反應部隊一直在元朗警署待命，但至晚上 11 時才收指示往車站，其時何桂藍已受襲，白衣人林觀良持木棍在敲打閘機。

法官早前仔細分析各人涉案的言行，駁回自衛等抗辯理據，裁定他們暴動罪成，亦將片段截圖放進判詞，認為可讓公眾更進一步了解裁決。我們在審訊落幕後整合證詞，也是希望呈現元朗站衝突的大環境，讓讀者更進一步掌握在罪成背後，被告是在怎樣的情況下做出涉案的言行。

《法庭線》編輯室

林卓廷等 7 名非白衣人均已提出上訴。就王志榮一案，原審、區域法院法官葉佐文重新考慮後，在 2025 年 4 月裁定他暴動、有意圖傷人罪成，令王成為第 13 名罪成的白衣人。王被判囚 7 年，與鄧懷琛一樣成為刑責最重的白衣人。

延伸閱讀：

721 非白衣人案｜綜合證人供詞重組時序

擲物、射水前前後後發生過甚麼事？

2024.9.9

831 五年整合
監警會報告補遺

各位讀者：

我們於 2024 年 8 月底刊出 8.31 太子旺角衝突的五周年整合報道，過程中有些思考，今期手記與大家分享。

說起 8.31 太子旺角衝突，大家印象較深刻的是甚麼呢？可能是速龍小隊在太子站月台及車廂追捕的畫面，其次可能是數十人在太子、旺角及油麻地被捕。

衝突事出突然，僅少數傳媒拍到現場情況，港鐵 CCTV 亦非公開，所以在公眾領域的事發影像來源和數量有限。5 年以來，當差不多的公開影像重複出現，就會加強了一些印象。這些影像無疑是重要的現場紀錄，不過它們只能反映事發其中一個階段的情況。

做整合式報道時，一方面我們想透過整理法庭案件資料、統計數據，呈現檢控和審訊情況；另一方面，我們也想回答「衝突過程發生了甚麼事？」，或者更確切的問題是：監警會試過重組事件，而當涉事的案件都審結，披露的事實及涉事人說詞，對於事件的敘述有沒有補遺？

從這角度出發，我們爬梳監警會報告及法庭判詞，整理出6個事發主要階段，發現涉及車站破壞、車廂襲擊乘客的示威者，被控人數不多，他們面對的罪名、刑責最重；在太子站月台（即最多公開影像的階段），被控人數最多，而罪名多與警員執法有關，包括襲警、阻差辦公。

在案發過程方面，我們從判詞整理出監警會報告未有提及的內容，例如在車廂衝突階段，有不屬於示威者的乘客（控方證人）承認曾經在車廂中推開女子；多過一位證人亦指出，另一名乘客曾經取出鐵鎚（有控方證人更指出看到他揮舞鐵鎚）。

有別於調查式報道，整合式報道未必能夠發掘新細節，推動新發展，但它能發揮記錄功能。不單是事發時的情況，也涵蓋事件的後續發展——這也是容易被忽略的部分。

這場衝突有很多重要的後續發展，例如合共24人被控（分三批起訴，涉及檢控延誤），部分人刑責相當重，被判囚逾5年；而涉及爭執的乘客沒有被控，法庭亦駁回辯方指乘客行為（推攝影器材、推女子、出鎚仔等）是直接導致紛爭，甚至令衝突升級和延續的說法。我們將以上都寫在整合報道中。

作為忠於事實的紀錄，我們不能迴避有警員在月台及車廂追捕示威者時使用警棍、胡椒噴劑、舉海棉彈槍的情況（有公開影像紀錄），執法方式引起批評，而警方解釋需要使用「最低武力」。同樣地，我們也不能迴避有示威者在車站破壞 CCTV、售票機；在車廂中對乘客掌摑、扯頭髮、舉傘、擲水樽等襲擊情況(法官在判詞中夾附涉案片段截圖)。

審訊過程披露的事實，能夠補充事件的敘述，有時會改變既定印象及理解。現實中，牽繫社會大眾的事件往往是複雜而且多面向的，我們不時聚焦事發某刻或某個節點而忽略事後發展，例如檢控及法庭對事件的相關裁斷。

我們希望透過整合式報道，讓讀者由忠實紀錄的基礎出發，了解較為整全的事件脈絡。

《法庭線》編輯室

延伸閱讀：

8.31 五年整合｜太子旺角 24 人被控全審結
示威者車廂襲乘客　警指月台最低武力制服

2024.10.28

同性伴侶替代框架
裁決能否推動改變？

各位讀者：

岑子杰爭取婚權的司法覆核案，終審法院於 2023 年 9 月判他部分勝訴，確立政府須制訂替代框架，在法律上承認同性伴侶關係，並定下兩年時間表，需於 2025 年 10 月 27 日前確立替代框架。數數手指，距離限期不足一年，暫時未見具體立法框架。

究竟政府工作有何進展？民間有何討論在醞釀中？《法庭線》於 2024 年 10 月刊出了一篇專題報道，記者訪問不同同志組織及熟悉平權案的律師，了解他們有何倡議，另外亦探討了其他地區如何逐步確立同性伴侶關係，香港的替代框架可否借鏡？

記者由判詞入手，先交代「岑子杰案」的終院裁決，為何被形容是對同志團體「前所未有、開創性的認可」；過往在平權路上，同志「斬件式」爭取衍生甚麼問題？文章之後嘗試拆解一紙婚書，對同性伴侶為何那麼重要？除了近年不時聽到的合併報稅、申請公屋、入住居屋、遺產承繼權等配偶權利，原來同性伴侶在香港不只不准結婚，連想在香港搞離婚亦困難重重。

有律師解釋，大部分英聯邦國家均不受理非通常居住當地的人離婚，而在香港法律，同性伴侶的婚姻既然無效，固然不存在離婚的可能性。

報道提到，全球至今有逾 40 個司法管轄區，容許同性婚姻或民事結合，以亞洲首個同婚合法地區台灣為例，單是以「修民法」抑或「立專法」處理、條文應否用「婚姻」字眼，都曾有一番爭論。那麼，香港政府按照法庭裁決、於未來一年須訂立的替代框架，又應該以甚麼形式保障同性伴侶的權利？

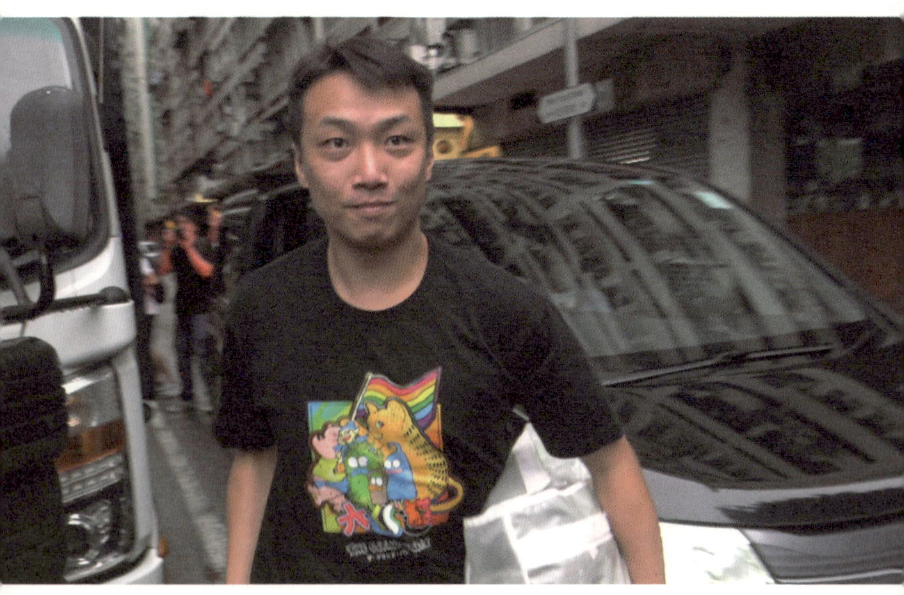

在 47 人案出獄當天，岑子杰在佐敦住所樓下回應記者提問。他在獄中就同志婚權覆核案上訴至終院。

有團體直接提倡推行同性婚姻，亦不諱言這是政治策略，「要喊（價）喊得高，才有機會得到最好的東西」；有團體則憂慮若堅持非婚姻不可，「我相信是一輩子都不會過；如果它叫《伴侶法》，但明天就過，我一定說好 …… 這是現實的妥協。」

另一邊廂，有團體認為理想中的《伴侶法》，應容許不論性傾向、性別認同、性別特徵的兩人可登記伴侶結合，並享有繼承、醫療、殮葬、福利以及領養等權利，「我們不想 stuck（困在）在同婚的概念裡 …… 想大家都可以 make a choice（有選擇）。」

「講價」與「妥協」，可見大家都明白，這個「燙手山芋」並不易處理，有機會面對不少阻力，法庭裁決只是起點。而在大家最終能否 make a choice 之前，或許都應該關注，大家能否 have a say（發言權）。

有團體早前發表建議書、約見平機會主席，獲回覆推動同婚或民事結合議題，超出其法定職能故未能安排；有團體就《施政報告》向政府提交意見書，指同婚有利吸引國際人才等，最終出爐報告未見着墨。有受訪者提到，即使同志團體有意見，都不清楚該找哪個部門對口。過去幾年的政治氣候，亦難免影響社會的討論氣氛。

話雖如此，有團體在狹縫中仍然努力找空間，例如從商界入手、進行遊說，「可能我們說一百句都沒有用，但商界說一句就有用了 …… 你說，是否沒有事情可做？我又覺得不是的，還是有空間，但可能不是用往常的方法去做。」

究竟法庭裁決能否推動政策改變？香港同性伴侶替代框架，將以甚麼面貌出現？《法庭線》會繼續追蹤，亦誠邀大家到網站重溫這篇專題報道。

《法庭線》編輯室

政制及內地事務局於 2025 年 7 月向立法會提交文件，立法增設「同性伴侶關係登記機制」，申請人須已在海外註冊同性婚姻、民事結合或民事伴侶關係，登記後可參與伴侶的醫療決定和辦理身後事。

岑子杰質疑，相關「權利」是否符合終審法院對「滿足同性伴侶基本社會需求」的要求，有關在囚人士探視權、解除伴侶關係與財產分配等權利，則未見提及，同性伴侶亦有可能陷入能註冊但難於解除的困境。他提到，要求外地註冊對無法負擔的伴侶造成相當大困難。

政制及內地事務局局長曾國衞其後回應指，當局要求申請人須在海外登記，是希望確保該對伴侶有穩定且具承諾的關係，又指全球有超過 30 個國家及地區有同性婚姻或伴侶登記安排，相信不會造成極大困難。

延伸閱讀：

終院裁須設同性伴侶承認框架

距離限期不足 1 年　同志團體在想甚麼？

2024.12.2

房屋和遺產覆核案終極勝訴
同志平權一步一腳印

各位讀者：

終審法院在 2024 年 11 月 26 日就 3 宗平權司法覆核案頒下裁決，分別涉及居屋政策、公屋政策及《遺產條例》，同志一方獲終極勝訴。

3 宗案件的申請人均爭議，現行政策對海外已婚同性伴侶構成差別待遇。他們分別為另一半爭取透過「家庭成員」身分申請公屋、入住居屋，以及成為遺產受益人，並強調他們所要求的，只是與異性夫婦同等的權利。

同志一方在原審均獲判勝訴，政府一方不服，兩度提出上訴。

司法覆核的其中一名申請人原為吳翰林，他受情緒困擾自殺離世後，由丈夫李亦豪接手。2023 年 10 月，上訴庭駁回政府上訴後，李亦豪發聲明指，「政府在法院一而再、再而三否定我們的婚姻關係」，猶如在家屬傷口灑鹽，期望政府尊重裁決，還亡夫應有尊嚴。

事隔 1 個月，政府就 3 宗案件申請上訴至終院。

與伴侶海外成婚的 Nick 就同志配偶申請公屋覆核案終極勝訴，歷經 6 年奔波，卻因不再符合資格無法受惠。

3 宗案件前後拉鋸近 6 年，終院 5 名法官最終一致裁定，海外結婚的同性伴侶超越了純粹同居的關係，與異性夫婦無異，具同等密切關係，可成為遺產受益人，又指房委會的排他政策，剝奪了海外已婚同性伴侶在同一屋簷下生活的權利。

同志一方爭取多年的訴求，最終獲得肯定。

平權案很多時觸及的爭議之一，是一夫一妻制的婚姻地位。在遺產案，終院在判詞直指，政府以婚姻地位去解釋差別待遇，屬循環論證，因為政府所依賴的理由，正是其所作出的差別對待。法官又認為，即使香港仍未承認同性婚姻，海外同性婚姻都是在法例規管下「公開」作出、且具「排他性」的承諾，故同受《遺產條例》保障。

而在房屋政策案，判詞指雖然《基本法》第 37 條規定，只有異性伴侶的婚姻受憲法保障，但不等於房委會的政策免受平等條文審視。再者，房委會未能提出實質證據，證明若放寬政策，對異性夫婦有何實際影響，故無從判定政策屬合理及有必要。

中文大學性別研究課程副教授孫耀東認為，今次判決表明，法院不接受政府提出排除同性伴侶的權利，可以「捍衛婚姻制度」的論點，而政府亦未能說服法庭，對同性伴侶的差別待遇屬合理。

另一邊廂，李亦豪在裁決同日發帖，指案件終於劃上句號，感激法庭肯定亡夫的苦，並對亡夫說「希望我沒有辜負了你的心血」。公屋案申請人 Nick Infinger 亦形容自己爭取平權多年，今次裁決「叫做有少少成果，算係畀自己一個交代」。

以個人名義入稟、爭取，為官司別無選擇下公開私生活，背後所承受的壓力，並非外人能夠明白。我們早前就同性伴侶承認框架推出的專題報道，曾經探討這問題。司法覆核原申請人吳翰林的母親，早前接受《法庭線》訪問，亦提及兒子為爭取平權，被逼放棄全職工作、被教會「遺棄」的背後辛酸。

事實上，終院 2023 年在「岑子杰案」，以 3 比 2 裁定政府不承認同性伴侶關係，違反《人權法案》，亦有提及這一點。終院常任法官李義、霍兆剛及非常任法官祈顯義在判詞提到，同性伴侶為爭取權益提司法覆核，須公開其私生活，成為公眾焦點，以致他們要承受各種壓力及法律費用，均屬對私隱權的干預。

香港的平權進程，多年來都依靠個別同志代表，一步一腳印累積而成。隨着最近3宗司法覆核案，終院均肯定海外已婚同性配偶的權益，政府按「岑子杰案」裁決，須於2025年內訂立的同性伴侶替代框架，能否對症下藥，更全面保障性小眾權益，值得大家關注。

《法庭線》編輯室

延伸閱讀：

專訪｜同志配偶申公屋終極勝訴
奔波6年不再符資格
Nick：願成就他人

2024.4.22

還記得鄧桂思嗎？

各位讀者：

今期手記說說鄧桂思死因研訊。大家還記得她嗎？2017年，她因為急性肝病入院，經兩度換肝，同年8月不治。事隔超過6年，死因研訊在2024年2月展開，由死因裁判官周慧珠，連同2男3女陪審團審理。

鄧患有腎病，亦是乙型肝炎帶病毒者，2016年起在聯合醫院看診。她的長女供稱，媽媽於2017年3月底、4月初，因感疲累、作嘔，到私家醫生求診，獲轉介至聯合的急症室，當時仍可溝通。惟4月5日收到通知，媽媽因「肝有事」需轉送瑪麗醫院，當時已神智不清。

她憶述媽媽一直有服藥，家人都不解為何突然轉差，直至4月10日之後，向瑪麗的醫生查詢，才獲告知聯合的醫生處方高劑量類固醇，但可能沒有同時給予抗病毒藥。他們遂向聯合的主管查詢，「我哋問佢哋，先公開呢件事囉」。

為何要同時處方抗病毒藥？另一證人、瑪麗腸胃肝臟科顧問醫生馮恩裕解釋，服用高劑量類固醇，會顯著增加乙型肝炎病發的風險，因為高劑量類固醇會壓抑免疫系統，而當身體欠缺保護機制，病毒量便會增加。

鄧轉送瑪麗後持續惡化，當時 17 歲的長女欲捐肝救媽媽，但被瑪麗以涉安全風險為由拒絕。家人公開求肝，獲得 26 歲鄭凱甄響應，惟鄧出現排斥，其後再接受屍肝移植，至 4 個多月後離世。解剖的瑪麗醫生陳雙煒判斷，鄧因併發肺炎、胸腔積液致細菌入血，死於敗血症。

陳在庭上亦向長女慰問，稱「希望你了解媽媽病情多啲，希望你哋早日走出哀傷」。長女之後回應，「衷心多謝你，冇乜人係作為醫生，咁嘅身分地位講呢句說話，我亦都未收過任何呢啲（說話）」，並一度哽咽，「呢 6 年本身真係過得唔容易，所以真係多謝你」。

兩名聯合主診醫生林治崑及陳小劍，在死因研訊為涉「開漏藥」解釋。林供稱，診治時有考慮需開抗病毒藥，但「相信自己受到一啲其他干擾」，他說包括電話或有人進入診症室，「有可能俾呢啲情況影響咗」。

陳小劍就供稱，相信上一手的負責醫生，即林治崑，曾經向鄧桂思解釋處方類固醇的好壞，加上相關抗病毒藥當時是自費購買的藥物，「所以我並不十分奇怪，林醫生冇處方到」。他之後再提及，醫院是「團隊工作環境」，相信同事有與病人溝通。

鄧的兩名女兒，尚未成年就失去媽媽，6 年來生活必定不容易。2022 年有傳媒報道指，長女以優異成績大學畢業，已投身社會工作。她今次參與研訊，沒有律師代表並親自提問，盼找出造成媽媽事故的原因。

至於當年無私捐肝的鄭凱甄，她的奉獻感動很多人，不少因為她而登記器官捐贈。兩位昆蟲學者亦以她命名一種新發現的螢火蟲。至2023年，社會出現取消登記器官捐贈潮，她接受《大城誌》訪問，說覺得可惜，但理解市民憂慮，「始終做抉擇和捐器官的都是市民本人，我覺得尊重市民的意願比較重要。」

她說，雖然當年未能幫助延續鄧桂思的生命，但至少有嘗試、盡力過，無悔捐肝，又說如現在有需要而她又可以的話，她依然會選擇捐肝救人。

《法庭線》編輯室

鄧桂思死因研訊最終在2024年5月裁決，陪審團裁定鄧因服用高劑量類固醇，但沒同時獲處方抗病毒藥物，導致乙型肝炎復發致死，以大比數4:1裁定「死於不幸」，另向醫管局提出5項建議，包括關於處方高劑量類固醇使用時間，患者服用少於7日都歸納為高風險，需要處方抗病毒藥物；醫生牌板紀錄要清晰，令其他醫生能夠理解內容等。

死因裁判官周慧珠感謝死者長女連日出席研訊，提及她由當年提出捐肝，到出席研訊向專家提問，稱讚她堅強，「相信你嘅堅強可以幫到你有一日，可以用正面方法填補返媽媽留下嘅空虛」。官又向她表示，「全世界做媽媽嘅都可以話畀你聽，有你一個咁勇敢、咁無私、咁有愛心嘅女，感到安慰驕傲。」

2024.12.9

粉嶺高球場覆核案
揭示環評報告疏漏

各位讀者：

政府 2024 年 12 月在一宗有關粉嶺高球場用地建公屋的司法覆核中敗訴，這個議題有很多面向，主軸是發展與保育的衝突，亦蘊含社會資源如何分配的問題，而裁決亦透視政府土地規劃未來可能出現的困難。

這宗覆核案的申請方是香港哥爾夫球會（獲批粉嶺高球場土地並負責營運），而答辯方是環保署。爭議源於政府 2023 年收回的 32 公頃「舊球場」土地，計劃在當中大約 9.5 公頃興建約 1.2 萬伙公屋單位，而環保署有條件批准由土木工程拓展署提交的環評報告。球會一方入稟，要求推翻環保署的決定。

這 32 公頃土地，與球會有何關係？粉嶺高球場原先佔地約 170 公頃，由 3 個 18 球洞的球場組成，「舊球場」就是其中之一。政府收回這幅土地之後，康文署將它改為「粉錦公路以東的公園」，局部開放予公眾使用，但仍會借予香港哥爾夫球會舉辦活動。

為何當年政府會收回「舊球場」？時間點再推前至 2018 年，政府在土地供應諮詢（即「土地大辯論」），提出填海、發展棕地、郊野公園邊陲等選項，當年引研究指香港長遠缺少 1,200 公頃用地，智庫、政黨、民間團體為「地從何來？」討論得沸沸揚揚。

土地供應專員小組在諮詢完成後，在 2018 年底向政府提出了 8 個選項，其中一個就是運用私人遊樂場地契約用地，並特別提及局部發展 32 公頃粉嶺高球場用地。香港哥爾夫球會一直反對，不過政府接納小組建議，並着手規劃研究。

近 6 年之後，政府在「舊球場」建屋環評報告覆核案敗訴，若細看高院法官高浩文的判詞，會發現與環評報告的內容不足有頗大關係。

例如判詞揭露，環評報告的部分內容與球會一方提交的資料出現很大差異。在樹木方面，球會一方指土地有 80 棵古樹名木和 3,000 棵潛在的古樹名木，而環評報告完全忽視；報告顯示 10 個月內只發現 1 種蝙蝠；但漁護署一個月內發現 17 種，而球會的專家則發現至少 15 種。

粉嶺高球場

法官指，這些重大的差異應引發疑問，並在環評報告中解決，亦可能影響整體生態價值的評估，但報告沒有提及漁護署的蝙蝠調查結果，亦沒有作比對、嘗試解釋差異的原因；批准報告的環保署亦似乎沒有就結果提出任何疑問，便接受了這一點。

從上述時序，可見在「舊球場」建公屋的計劃不是倉促上馬，但耗時數年努力規劃和研究後，環評報告仍被挑出很多問題。但事過境遷，公眾對議題的關注度、社會政經狀況已有不少改變，計劃是否仍然會推行成為疑問。

特首李家超回應敗訴時說，政府需全面考慮 3 個問題，其中一個是政府已經覓得足夠土地興建未來 10 年整體公屋需求，雖然初步評估粉嶺高球場單一項目對供應目標不會有大影響，但指亦需作詳細分析，才可決定下一步跟進工作。

不過，本土研究社指出同樣重要的一點，他們認為高院在本案對環評報告採納比政府更高的要求，若以同一標準，其他發展計劃的環評報告亦可能被挑戰，透視未來政府規劃的困難。政府全力推進的北部都會區，正正有一宗牽涉新田科技城環評報告的司法覆核，已排期聆訊，屆時我們也會緊貼報道。

《法庭線》編輯室

環保署已就覆核案敗訴提出上訴，指「不能同意裁決部份內容」，質疑將會令環評程序「無法合理地正常進行和不斷拖延」，亦影響正進行和未來的環評工作。上訴案排期於 2026 年 3 月審理。

另一方面，新田科技城司法覆核案已經撤銷，提出覆核的社工謝世傑申請法援被拒，他其後稱自己和家人因案件受到滋擾、威嚇；前西貢區議員陳嘉琳亦被拒取代謝世傑繼續覆核。

2024.8.26

大坑西邨重建收樓案
法官親自整理居民狀書

各位讀者：

今期手記說說大坑西邨重建的民事案件。大家去過石硤尾可能都留意到，地鐵站旁有 8 幢舊樓，外牆灰黃斑駁，歲月留痕。它們在 60 年代起落成，當中 7 幢的樓齡已近 60 年。該邨是目前全港唯一私營公屋，由「平民屋宇有限公司」（平屋）營運。

在政府促成下，平屋與市建局合作重建大坑西邨，預計 2029 年落成，政府要求妥善安置原有居民。今次民事案件，正是有 13 名居民不滿平屋的方案而拒絕搬遷，被平屋入禀要求交出單位兼賠償。

這 13 宗案件，有些居民剛完成了抗辯書，有些仍未完成。各方在 2024 年 8 月初按法庭指示商討和解，但無法達成協議。平屋之後申請恢復訴訟，在部分案件指居民理據薄弱，申請簡易判決；又指有人未存檔抗辯書，申請直接作出判決。

居民有甚麼訴求呢？

平屋有兩個重置方案，一個是交回單位並永久遷出（可領一次性津貼）；另一方案是居民待重建完成後遷回，但須通過公屋水平的入息及資產審查。部分居民擔心到時過不到審查會無處容身，亦認為平屋違反「不作資產審查」等承諾，所以拒絕接受方案及遷出。

現時公屋入息及資產上限，兩人家庭月入為 $19,730，資產為 $387,000。居民住在邨內已經數十年，可能有一定資產，但又未必足以應付私樓租金，擔憂可以理解。

他們（大多數沒有律師代表）在狀書陳述原委，理據真的如平屋一方所指「薄弱」嗎？

負責案件的區院司法常務官宋泳琛就不同意，她細讀居民狀書、文件證據、庭上說法，親自擬備了爭論點陳述書。法官說，居民的抗辯理據「明顯是合理地可爭辯的」，而且涵括了私法與公法，例如指平屋違反合約和口頭承諾、挑戰決定的合法性，以至過程是否符合程序公義等等，由於有居民仍未決定是否提出司法覆核，不應在此時讓平屋恢復訴訟。

居民的理據合理可辯，不代表勝算很高。資助房屋涉及社會資源分配，今次更牽涉龐大重建項目，可想而知議題複雜。

大坑西村

法官關注的不是任何一方的勝算，而是公平審訊。她說注意到大部分被告均是老邁、教育水平不高的基層，爭議關乎他們在晚年如何生活和生存，「若有任何訴訟方企圖乘財力和資源之優勢，以程序之便快速地針對居民取得判決，以草草了事，法庭有責任加以制止。」

那如何處理才算公平？在法官看來，至少要讓居民有足夠時間寫狀書、考慮是否展開司法覆核，以及在正審處理他們的抗辯理據。不過平屋一方已發聲明，表明不同意判決，會提出上訴。

從判詞看到，平屋一方為了收回單位，曾向居民發出律師信提及敗訴要付巨額訟費、將居民告上法庭、申請簡易判決等等，當然亦有按法庭指示參與和解會議。有居民指責平屋手法專橫、恃強凌弱。

法官就在判詞結尾說，在過程中遺憾地留意到居民的理據看來沒有得到應得的重視，「唯望各方不要以財富、權勢和學歷去判定和輕視別人。應超越階級，體現人性平等。」

回顧大坑西邨的歷史，居民數十年來因屬於私營公屋戶，待遇與房署公屋戶有別，例如他們不可申請公屋、直接申請調遷，亦不能經綠表購買居屋等，這種差別待遇亦與現時爭議間接相關。

篇幅所限，寫到這裡。推介大家看《集誌社》持續跟進的深入報道，以及近月出版的新書《屋宇平民誌》，對了解大坑西邨重建議題大有幫助，也是很重要的香港歷史紀錄。

《法庭線》編輯室

平屋在搬遷限期後，循民事控告 67 名拒絕遷出的居民。當中 13 人未能達成和解，案件分別排期於 2025 年 9 月及 10 月處理，部分被告曾以有居民提出司法覆核為由申請擱置聆訊。

申請司法覆核的一名 85 歲住戶，她指平屋在提供相稱的替代住所之前就終止其租約，違反政策或政府指令，相關決定是非法（unlawful），不過高院法官高浩文在 2025 年 4 月裁定住戶敗訴。

2025.2.24

北角車禍命案
律政司混淆法律原則？

各位讀者：

今期手記想說說一宗涉及「永久終止聆訊」的案件。2018 年在北角發生了一宗致命車禍，一輛校巴疑因沒拉手掣，溜下斜路釀成 5 死 2 傷，司機其後承認未拉手掣的傳票控罪，罰款 2,000 元。至 2022 年死因研訊召開期間，律政司中途申請押後稱需時再調查，同年再控告司機危駕致死等兩罪。

辯方爭議案件涉「一罪兩審」，申請永久終止聆訊。區域法院法官謝沈智慧 2025 年 2 月頒下裁決指，本案兩次檢控均源自「相同或大致相同」的事實，違反「免受雙重損害」原則，下令「永久擱置聆訊」。

究竟「永久擱置聆訊」是甚麼？甚麼情況下可申請？「一罪兩審」及「免受雙重損害」原則又有何分別呢？

永久擱置聆訊

我們曾於「法律 101」介紹，永久擱置聆訊，又稱永久終止聆訊。《基本法》第 63 條列明，律政司主管刑事檢控、不受干涉，但在例外情況下，例如當辯方認為案件出現濫用程序的情況，令被告無法獲公平審訊，或審訊繼續進行將有違公義，可向法庭申請永久終止聆訊，由法官考慮是否運用酌情權下令擱置。

「一罪兩審」VS「免受雙重損害」

細閱判詞，會發現逾 200 頁判詞，多次出現「一罪兩審」及「免受雙重損害」這兩個法律概念。法官提到，控方在聆訊時將「一罪兩審」及「免受雙重損害」原則混淆，援引了不適用的案例；辯方亦於陳詞時指案件有違「一罪兩審」，但所援引的案例，實質上是依賴「免受雙重損害」原則。

法官強調，兩項法律原則類同，但測試卻完全不同，並在判詞詳細解釋兩者的分別。

判詞（第 88 段）引終院指，「一罪兩審」是指兩次檢控的控罪元素一樣，或第二次檢控的控罪元素，已包括在首次檢控的控罪元素，適用範圍極狹窄，法庭只需考慮控罪元素。當辯方成功確立「一罪兩審」，被告有權獲判無罪，法庭沒酌情權，亦毋須考慮有否濫用程序等情況。

「免受雙重損害」則指控方第二次檢控，是基於與首次檢控「相同或大致相同」的事實，而控方無法提出極特殊情況支持第二次檢控。判詞指，「免受雙重損害」屬濫用程序、惡意、壓迫及不公，如辯方成功確立，而控方無法提出極特殊情況支持第二次檢控，法庭有酌情權擱置。

判詞指出，本案應聚焦討論後者，故法官首先要判斷的，是兩次檢控是否源自「相同或大致相同」事實。

判詞指，控方在首次檢控前已獲悉所有事實證據，兩次檢控均源自同一事件，日期、時間、地點、所涉車輛等均相同；兩次檢控均與被告停泊小巴的方式有關。雖然控方指，傳票案須證明被告是小巴「掌管者」，危駕案則須證明被告是小巴「駕駛者」，但法官認為，控方在兩案中依賴的證供均「一模一樣」，即「被告是小巴司機」。

另外，雖然第二次檢控有新增的證人，法證專家亦提交了補充報告，但法官認為這些資料沒提供任何新的主要事實。由於兩次檢控之間，事實證供沒改變，法官認為均由「相同或大致相同的事實」導致，控方亦無法證明出現極特殊情況，官最終下令永久擱置聆訊。

報道發布後，見到網上有人留言：「5 條人命，只罰 2000」，這或許反映出大眾對法律制度的期望 —— 為受害人討回公道。然而，從這宗案件可見，程序公義同樣重要。正如法官在判詞提到，律政司是唯一可作檢控的部門，既然案件傷亡嚴重，控方更應該於首次檢控時，以最嚴謹態度考慮適當控罪。

《法庭線》編輯室

延伸閱讀：

法律 101 ｜甚麼是「永久終止聆訊」？
何時可申請？

2022.8.7

《幻愛》放映會限聚令案撤控謎團未解

各位讀者：

你們好！我們最近跟進油尖旺前區議員朱江瑋，2021 年 8 月在議員辦事處舉行電影《幻愛》的放映會，逾 40 人被票控違反限聚令，而警方事隔近一年撤回罰款通知書一事。

食環署和警方當晚聯合行動，派人「放蛇」搜證，並出動 20 多人到場執法，公眾（與被票控者）一度以為兩部門經過研判與部署，又即場開出逾 40 張告票，應已掌握足夠證據確定放映會違令，但政府最後在少數人不認罪、準備抗辯後，竟然無條件撤控，並且撤回已繳交罰款的告票；執法與檢控的矛盾甚大，令人不解。

最大的疑問是，究竟當晚朱所指屬於私人活動的放映會，是否合法？律政司指因「整體證據未能支持合理機會達致定罪」而不作檢控。但這解釋遠遠未能釋除公眾困惑與疑慮。

例如，這個「證據不足」是技術性的不足，譬如前線人員搜證時有遺漏（或是否如朱估計有「放蛇」證人不願出庭？），抑或是前線人員判斷出錯，當晚其實無法證明放映會違令，卻草率地開出告票，以致後來「證據不足」須撤控呢？

《幻愛》放映會期間，警方與食環署多名人員上門，票控逾 40 人違反限聚令。（朱江瑋提供相片）

這不僅是執法是否出錯的問題，而是影響到公眾對限聚令的認知。

若今次撤控只屬技術性證據不足，意味政府認定放映會即使在議辦關門後進行、事先須報名，仍然受限聚令規管；坊間其他同類的私人活動自然也有機會違令，須更改安排。但若屬前線人員誤判，坊間同類活動則應不會抵觸限聚令，可繼續進行。

但正如事主朱江瑋所言，由於部門沒交代撤控理據，他至今一頭霧水。這種情況對被票控者固然不公平。對市民大眾而言，在缺乏官方詳細說明下，似乎亦只能憑個人理解、「心領神會」地遵守規定，惟難免仍有誤解。

前律政司司長鄭若驊曾指出，清晰明確、公平公正的法律制度，是香港法治的重要部分。限聚令是重要防疫措施，與每位市民相關，如今社會有疑慮，政府應基於公眾利益詳細解釋。

若律政司要跟隨一直奉行的原則，不能詳細交代撤控理據，相關部門又能否就一般私人活動是否符合規定，或於甚麼情況下不符規定，再次說明和提醒，讓市民有所依從？

《法庭線》編輯室

延伸閱讀：

特稿｜前區議員朱江瑋《幻愛》放映會逾 40 人收限聚告票終獲撤控　公眾及私人處所如何界定？

第二章

法庭現場

記者第一身觀察，見證法庭上的起伏轉折

2023.8.14

實習記者初體驗：法庭採訪有幾難？

各位讀者：

3 位新聞系、法律系大學生已先後完成 2023 年暑期實習記者工作，他們是《法庭線》的第一屆實習生，這段時間以記者身分聽審、採訪和報道，以及幫忙整理案件資料。今次手記寫一些他們遇到的困難，讓大家從新人角度了解法庭記者的工作。

我們讓 3 位同學跟隨全職記者工作大約一星期，然後開始獨力採訪。有同學說，聽不懂庭上一些用語，例如「相稱性」、「執行相稱性」（衡量法律、法規或政府行使權力時對人權的限制是否適度的原則），以致理解不到部分過程。她事後翻查才明瞭意思。

這是法庭記者不時面對的情況，當庭上提及法律原則，不會長篇解釋概念，例如民主派初選 47 人案，控辯就「共謀者原則」有法律爭議，記者要靠翻查資料、請教法律學者及律師，才能準確掌握意思及理解庭上過程。

「相稱性」、「執行相稱性」相對常見，法庭記者已甚為熟悉，但面對較不常見的法律原則時，記者仍需短時間內消化、理解，以及思考如何較簡單直接地向讀者解釋，讓大眾即使沒有法律背景，亦都能夠大致掌握庭上過程。

又有同學說，來不及抄寫庭上過程，而她慣用英文，所以處理中文審訊反而有困難。

這也是法庭記者常常面對的困難，由於法庭不准錄音，記者很多時要逐句抄寫，但同時又要留意各方（例如被告）的反應，即使是全職記者，也會「抄唔足」，只好嘗試與律師及行家核對，但若無法核實，則縱然知道是庭上的關鍵對話，都不能寫進報道。

有同學在完成實習才說，起初以為僅做影印等行政工作，沒想過可親身落場，我們笑說不是律師樓，沒大量文件要整理；也有同學說大開眼界，學以致用，在庭上看到很多平時看不到的人和事。

聽到他們的感想，我們都覺得指導所花的時間是值得。社會環境改變，近年選讀新聞系的學生減少。有法律系同學亦分享說，部分人對畢業後是否當律師有猶豫，我們聽到也感愕然。

不過同一環境下，反而有人有更大衝勁，想投身傳媒及法律界。近日與一位大學新聞系教授談起，他形容收生出現「極化」，學生的確少了，但這時候還會選讀新聞的人，都是對做新聞充滿熱情的。他又說，這個時空的香港傳媒是很好的研究對象，有不少值得研究的課題。

《法庭線》編輯室

2024.8.5

實習記者成長記：怎樣盡力記錄？

各位讀者：

《法庭線》2024 年暑假第二年招募實習生，有兩位分別來自不同院校的新聞系學生參加。還記得數月前面試時，一位同學坦言有留意法庭新聞，但從未試過入庭旁聽；另一人則因課堂需要，曾旁聽一宗案件，但對於審訊流程，或與審訊相關的法律概念也不太掌握。

在過去兩個多月，看着他們由一張白紙慢慢蛻變，由起初跟隨正職同事聽審在旁觀摩，到後期有能力一手包辦一連數日的審訊，可說是進步神速，我們都喜出望外。

上周臨近實習期尾聲，有機會跟兩位同學聊天。一位同學提到，有兩宗採訪令她最深刻，其中一宗，是 47 人案裁決。那天她被安排在西九龍裁判法院正門前的記者區，負責拍攝獲准保釋的被告抵達法院。她指，當日同事千叮萬囑，一定要「金睛火眼睇實個門口」，不可錯過任何一位保釋被告，因為「啲人入咗去有機會出唔到嚟，呢個紀錄好重要」。

結果，幾乎全行都拍不到柯耀林進入法院。

事後「重組案情」，發現原來柯耀林到達法院的差不多時間，社民連幾位成員因示威安排，在門外與警方理論，及後被趕離正門位置，大批傳媒上前採訪，現場一度混亂。柯耀林就在這時候，靜靜地穿越人群步入法院。

同學分享，這件事令她很糾結，覺得自己沒做好本分。自此之後，每當她採訪其他案件，都會提醒自己抓緊機會在法院外拍照。試過想拍攝一名獲准保釋的被告，但等了很久都沒有聲氣，行家陸續撤退，她心有不甘，最後與另一媒體的實習同學一同留守，呆等兩小時，最終拍到被告的身影。她分享時雙眼發光，指「影到張相，最後公司又有用到，好有滿足感」。

身穿白恤衫的柯耀林（右一）抵達西九龍法院一刻，畫面左方有社民連成員被警員趕離正門位置，場面混亂，記者錯過拍攝柯正面的機會。

另一件難忘事，是有關一位女工在污水廠井口工作身亡的死因研訊，合共6日的聆訊，全由這位同學包辦。這是她第一次聽死因研訊，她指起初感覺庭上證供，好像將事件「量化」了，由渠務署代表講述井口有多深、儀器讀數等，以至法醫講述死亡原因，彷彿都是一堆冷冰冰的數字和資料。另一邊廂，連日列席聆訊的死者丈夫，未有太多提問。

後來她在庭上聽到死者丈夫作供，以及在庭外嘗試接觸，感受到對方其實很在意，或許只是不懂表達。對方跟她說，因為感到痛心，不會再做相關工程，「唔想再經歷呢啲事」（死者丈夫的工程公司，正是承辦涉案更換污水喉工程，其太太在公司任職文員，負責安全紀錄）。同學說這次採訪提醒她，不要忘記審訊背後，是一個個有血有肉的故事。

另一位同學則於實習期開始不久，就要處理英文審訊，無論是對審訊的理解，以及 soundbite（庭上對話節錄）的翻譯，都處理得算有條理。另一宗案件，一名總督察被指騙取 OT 津貼，控方指他有 7 天虛報逾時工作紀錄，其中最長的一次逾 18 小時。同學指，控方讀出一大堆數字，她感到一片混亂，最後努力與行家核對，再主動提議製作圖表，認為這樣處理讀者會較易理解。

她又說起，有次隨正職同事到終審法院聽審，那次是一宗關於訟費的逾時上訴許可申請，過程全以英語進行，法官與雙方代表圍繞被告行為是否自招嫌疑等法律議題對答。她對聆訊內容掌握有限，但開了眼界，認識到終院的聆訊大約是甚麼一回事。

社會環境改變，但看到兩位同學希望學習、進步的熱誠，實在令人感到鼓舞。衷心感謝他們選擇了《法庭線》，作為記者體驗的起步，期望他們在這趟實習旅程，也感到有所得着，會記得當中的經歷和溫度。

《法庭線》編輯室

延伸閱讀：

死因研訊｜女工污水廠井口工作身亡
官裁死於不幸沒額外建議
死者夫擬續民事索償

2023.6.5

聽障青年襲警案
襲人有沒有公平審訊？

各位讀者：

2023 年 5 月，有一宗涉及聽障青年的襲警案，發還重審後，最終獲判罪名不成立。案件由事發、原審、上訴、重審到第二次裁決，歷時近 4 年。高院法官張慧玲 2022 年判被告上訴得直、下令發還重審時，形容原審裁判官、控辯雙方「全世界都犯晒錯」，過程揭示聽障人士在司法程序中支援不足，導致他們未能獲公平審訊。

主角羅鎮傑（傑仔）4 年間究竟經歷了甚麼？各方又犯了甚麼「錯」？一同重溫一下。

先簡單交代案件背景，2019 年 9 月 15 日，當時 19 歲、報稱學生的羅鎮傑，被指在港鐵銅鑼灣站外，企圖搶去一名警司的胡椒噴霧，糾纏間令對方雙膝擦傷，被控一項襲警罪。

傑仔於 2020 年經審訊後被裁定罪成，判入更生中心。辯方求情時透露傑仔患過度活躍及讀寫障礙，雖然成績欠佳但努力上進，又指他並沒有因為聽障而自暴自棄。時任裁判官鄭紀航聞言指：「努力到三科都 1 分？其他唔合格？…… 用正面方法去睇，都叫有進步嘅。」辯方另呈上媽媽撰寫的求情信，指傑仔孝順，在她生病時會照顧她、為她煮粥。裁判官稱：「呢啲都係應該呀，一般母子之間唔係應該咁樣相處咩？」

鄭紀航認為，傑仔經審訊後被裁定罪成，顯示他沒有悔意，法庭須保護警方執法時不受違法行為阻撓，最後判傑仔入更生中心，並拒絕他保釋等候上訴，即時還押。據當日在場記者描述，傑仔離庭時一度緊握鐵欄、探出半身，向媽媽高喊「媽，生日快樂！」她不住點頭，散庭時失聲痛哭。

2020 年 12 月 1 日判刑當日，是傑仔媽媽正日生日。

傑仔其後分別就定罪及刑罰上訴，2021 年 1 月獲高院批准保釋。傑仔罪成還押，以及在更生中心羈押，合共約 7 個星期，那是他與媽媽首度長時間分隔。

案件同年 9 月在高院進行上訴，法官張慧玲判傑仔上訴得直，指在案件發現不少問題。首先，原審辯方大狀在傑仔不作供的情況下，採納他在交替程序（法庭用來決定證供可否呈堂的程序）的證供，「我唔想話大律師嚴重失職，但好明顯唔係咁熟交替程序」。法官質疑辯方出錯，法庭卻沒發現，「控方唔出聲，裁判官唔出聲，大家冇人出聲 …… 全世界都犯晒錯。」

法官又指，控方向傑仔提問時，使用「你同唔同意你冇 …… 」的句式。她認為這並非容易明白的說話，「有時聽覺正常嘅人都唔係好明，更何況聽覺有問題嘅人？」加上被告戴着助聽器及耳機受審，兩者合併或干擾其聽力，而傑仔沒有上庭經驗，聽不清楚又不作聲，「雖然好似答到，但有時我睇謄本，覺得唔係好清晰。」

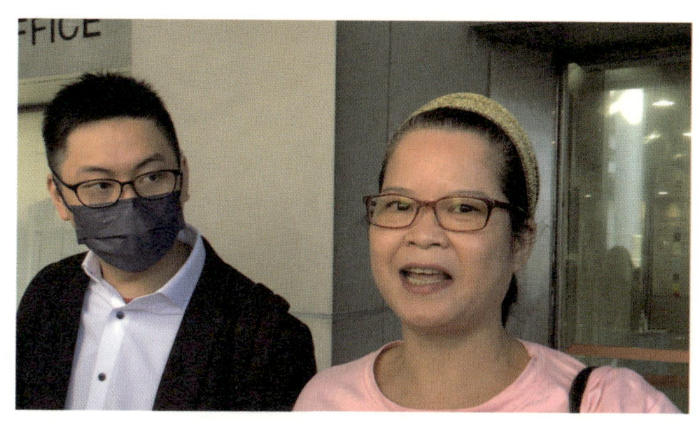

傑仔終獲判罪名不成立，當庭釋放，媽媽在庭外受訪時終展露笑顏。

法官撤銷定罪，下令發還重審，「唔可以就咁算數，應該還佢一個公道，咁年輕嘅細路」，並建議法庭增設即時字幕，「做多一層係公平，佢有聽障盡量幫幫佢。」

由高院下令重審，到案件再開審，中間又相隔逾 1 年半，期間再出現另一個爭議。辯方指傑仔被控《警隊條例》下的襲警罪，屬簡易程序罪行，須於 6 個月內作出檢控。惟警方在 2022 年 10 月 13 日向傑仔送達重審的控罪書，不論由案發日起計，或是高院下令重審當日起計，均已超出檢控時限。辯方就此申請永久終止聆訊，控方則指條文沒提及重審有檢控時限。裁判官鄧少雄考慮後拒絕辯方申請，傑仔續受審。

時間點去到 2023 年 5 月，今次重審，法庭為傑仔提供的支援，較原審時明顯增加。據記者庭上所見，司法機構安排職員即時打字，戴着助聽器的傑仔坐在律師席應訊，觀看電腦螢幕上的文字，而庭上各方均放慢語速，比平時較多停頓。裁判官又叮囑傑仔，審訊期間有不明白的地方，要盡快向法庭示意。

5日的審訊，辯方主要反對控方把傑仔的招認口供呈堂，指涉不公平及非自願，而傑仔從未說「我一時衝動先會打警察」。辯方又指，傑仔是在母親陪同下錄取口供，警員誘導稱只要他認罪，就可獲減刑，只會判社會服務令，又要求他在口供上簽署。另外，就警員供稱曾安排傑仔致電媽媽，辯方質疑其說法如「屈個視障偷睇國家機密」。

裁判官鄧少雄最終裁定傑仔罪名不成立，指他與警員錄取口供時，沒有合適手語專家在場，又指他不應該在受傷情況下錄取警誡口供，認為控方無法在毫無合理疑點下，證明傑仔在公平情況下錄取警誡供詞，決定剔除其招認。

裁判官續指，案發時環境混亂，人群擠擁或令傑仔失平衡跌向警司，令警司誤以為他想搶奪其胡椒噴劑。就警員稱被告曾作出「我一時衝動先會打警察」的招認，官則認為傑仔非常不可能地將「搶奪警司的胡椒噴劑」，在事出突然、情緒混亂下說成「打警察」。裁判官另提到，當時有片段錄到一名警員對其他警員說「我同阿 sir 對埋故仔先」，直指說法「令人不安」。

傑仔當庭釋放，他媽媽受訪時指，最初處理案件時感到彷徨、「咩人都唔識」，喜見重審最終為兒子討回公道。

或許有人會形容，裁決結果是「遲來的公義」，亦曾聽過有人說，遲來的公義不算公義。公義存在與否，《法庭線》盡力記錄這場審訊，交由大家判斷。公義不僅僅是審訊的結果，而是關乎過程，正如傑仔與媽媽爭取的，是與其他人一樣，在司法程序中獲得公平審訊的機會。

《法庭線》編輯室

延伸閱讀：

專訪｜聽障青年襲警獲判無罪
近 4 年爭取公平審訊之路
母：希望我哋經歷幫到人

2023.6.13

採訪手記：聽障青年襲警案 他的道謝為我打氣

聽障男生襲警重審案於2023年5月底審結，《法庭線》其後刊出兩篇相關專題報道，包括被告羅鎮傑與母親的專訪，以及「龍耳」創辦人邵日贊講述協助他們爭取公平審訊的經過。

重審案裁決那天，傑仔與媽媽甫步出法院，幾位記者一擁而上，問兩人心情、感受。相比社會的風風火火，這算是一宗不太起眼的案件，難得地有不少記者聽審。羅媽媽展現久違的笑顏，但回答不多便離開。她臨走前，不忘感謝傳媒一直以來的關注。

還記得2020年原審那時，我在另一間傳媒工作，在審訊尾聲才被分派跟進這宗案件。坦白說，當時我對傑仔的故事印象不深，亦未有太多部署，打算只當即日新聞般處理。不過，裁決當日聽到裁判官直斥傑仔「謊話連篇、誇張失實」，其後看到羅媽媽首度接受《蘋果日報》訪問，提到「成個審訊都冇人當過我個仔係聽障人士」，心裡並不好受。香港法庭傳譯制度究竟出了甚麼問題？聽障人士是否真的可獲公平待遇？

帶着滿腦疑問，我決定繼續探討，着手翻查資料。

2021年初，傑仔獲准保釋等候上訴，他與羅媽媽答應不露面受訪，講述原審不公。我與同事另外訪問了一位同樣申訴未獲公平對待的聾人，還有一位手語傳譯員，她提到法庭傳譯員名單非公開，手語傳譯員想入行亦很困難。我們原先打算在傑仔上訴後一併刊出。

豈料，報道還未發布，便遇上公司停運。本以為那些文章會「胎死腹中」，怎會想到加入《法庭線》後，再遇上傑仔案件重審，可繼續以記者身分採訪跟進。今次再次邀約傑仔兩母子訪問，拼湊早前搜集的資料，這個聽障專題報道，終於可「重見天日」。

說回裁決那天，一班行家訪問後，回到記者室繼續打稿。我忘了是誰先提起，「好似《月光寶盒》啊」。我們來到同一法院，看同一警員作供，情況如周星馳飾演的「至尊寶」，對着天空大喊「般若波羅蜜」，時光倒流至2020年。不同的是，傑仔這次獲判無罪。

大家先是大笑一番，很快便安靜下來。那刻百感交集，一方面，我為傑仔獲得公平審訊、無罪裁決感到高興；另一方面，我慨嘆案件纏繞兩母子近4年，誰來補償他們失去的光陰？

我相信席間一位行家感受最深。他由原審第一天起，跟進傑仔案件，在傑仔罪成後，跟羅媽媽做訪問，首把其情況帶進公眾視線。後來，他輾轉間在不同新聞機構工作，見證案件的不同階段，這次終於迎來結局。他在報道提及多年來的觀察，包括審訊細節、兩母子的神情，字裡行間都流露着細膩情感。

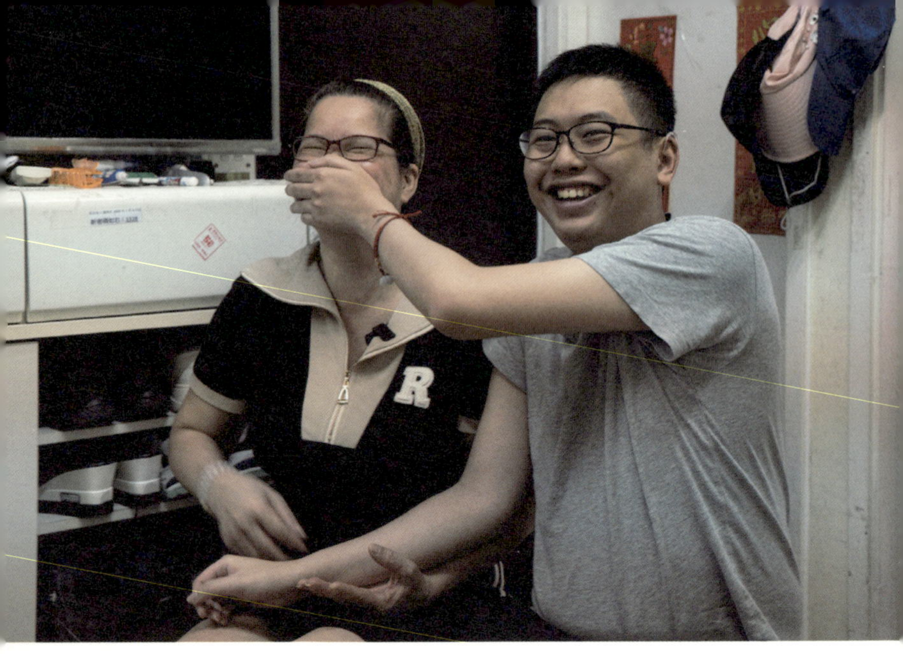

羅媽媽談及傑仔平日的種種，傑仔緊張得連忙掩嘴，不讓母親說下去。

羅媽媽及阿贊受訪期間，不斷強調傳媒的重要，屢說若非傳媒廣泛報道，就不會引起社會迴響，更不會促使平機會制訂《聾健司法平等指引》，彷彿爭取公平審訊的路，記者也佔一席位。

「我的報道真的有用嗎？」近兩年來，傳媒環境令我很泄氣；面對法庭上的一幕幕，也難免感到無奈。我反思記者價值，我的紀錄能夠帶來甚麼改變。我沒有將這個疑問宣之於口，倒是開朗的阿贊，無形中「解答」了我的問題。他總是笑着說，幸有傳媒報道，聾人這個少數社群，才能得到主流社會關注。

受訪者的渴望是如此簡單。是的，改變社會確實很難，但能夠泛起一絲漣漪，又何嘗不是一種滿足？我望向旁邊默默低頭打稿的行家，他們都正在用文字，捍衛自己相信的價值。我們的力量微小，但也許有天能迸發出偉大。

報道刊出後，我把連結發送給阿贊。不久，他傳來訊息：「感謝你們對聾人面對困境的關注」。我的報道，好像為他帶來一點曙光；而他的一聲感謝，也在為我打氣。

記者 馮家淇

延伸閱讀：

平機會推《聾健司法平等指引》

「龍耳」邵日贊談「聾人與公平審訊的距離」

2023.7.31

採訪手記：與南丫海難家屬走過的 11 年

2023 年 7 月 26 日早上，高等法院 3 樓一間玻璃房，罕有地傳出掌聲和歡呼聲。入面坐着兩名南丫海難家屬，還有他們的律師團隊。一班記者站在房外，等待着律師出來確認結果。

我當時在房外聽到歡呼聲，內心驚嘆：「死因庭真係開 …… ？」

先回一回帶，在傳出掌聲約數 10 秒之前，早上 10 時正，家屬律師代表走入法庭取判詞。我當時心想，待他步出法院時看看他的表情，大概就會估到結果。誰知，他步出法院時木無表情、步伐急促，氣氛凝重。

就在他走入玻璃房一刻，房內就傳出掌聲。正當我在門外滿腦問號，我看到家屬梁淑玲（Alice）隔着玻璃望向我，舉起雙手，露出燦爛笑容。那一刻，我知道，家屬贏了。

事後 Alice 跟我說，律師當時一開門，只說了一個字：「開」。她頓時腦袋空白，眼淚不自覺湧出，但又擔心自己聽錯，「然後我就第一時間望住你 …… 因為我要確保冇聽錯，你明唔明白，跟住你又對住我笑，我又對住你笑 …… 」我插嘴說：「但你望住我無用㗎，因為我當時都唔知呀！」

開懷大笑的背後，埋藏着接近 11 年的鬱結、傷痛。就如 Alice 當日接受傳媒訪問說：「咁多年唯一一次可以喺鏡頭面前笑」。

對我來說，那個相視而笑的定格，亦盛載了多年來建立的信任和友誼。

Alice 在海難中痛失 23 歲的弟弟，事發後有 7 年時間，她都比較低調，鮮有公開接受訪問。她說自己作為家屬，一直有少許迴避，想知又不想知太多、「想 involve 又唔想 involve 太多…… 你要去睇文字，再 picture 返所有嘢，仲有嗰件事係咁入骨，好辛苦。」

另一原因，是心存盼望。她說自己頭 7 年都在默默等待，希望政府內部調查及警方刑事調查，能夠給家屬一個交代，「我唔講嘢唔代表我唔想知，我唔講呢，係因為警察查緊，唔好妨礙司法公正 …… 等多 3 個月、等多半年啦 …… 每年 10 月 1 號，就好似等聖誕老人派禮物咁。」

「其實等待 …… 有得等待呢，是一種希望。」Alice 說。

涉事兩名船長於意外後被刑事起訴，分別被裁定誤殺、危害他人海上安全罪成判囚。惟家屬一直認為，需為事件負責的不只兩人。至 2020 年，警方通知家屬不再有檢控，死因裁判官同月發信通知決定毋須召開死因研訊，對 Alice 來說就像失去希望，「嗰吓就真係去到谷底」。

我是在那一年認識 Alice，她透過電話訪問首次公開發聲：

「你問我點解隔咗 8 年先出聲，我係好擔心唔會有答案 …… 有人話，佢都走咗，你知、同唔知，對件事無幫助，但我唔知點樣去解釋畀我自己聽，點解會無啦啦會無咗個細佬 …… 」

「每次拜佢，你同佢講唔到任何嘢 …… 你作為家姐，好想幫佢做到好多嘢，但原來你發覺你做唔到任何嘢 …… 」

短短十多分鐘的電話訪問，Alice 泣不成聲，令我印象深刻。試問一個人要有多抑壓、多創傷，才會隔着電話對一個陌生人痛哭？

自此之後，她拋下了等待的包袱，肩負家屬代表的角色，亦因為看到其他家屬開始疲累，她決定接棒，「跑一個咁長途嘅賽，總會有休息嘅時間，唯有其他家屬去接力」。

並肩作戰的還有另外兩位家屬，在海難中痛失哥哥及侄女的徐志盛，以及失去姊姊的趙炳全，趙生本身也是海難中的倖存者。他們兩人幾乎由第一年到第十一年，從不缺席，由最初不太願意站在鎂光燈下，到後期硬着頭皮幾乎年年受訪，只盼社會不要遺忘。

「有人都話，你仲講嚟做乜呢，社會已經淡忘咗呢件事。」

「唔係想記返呢件事，但呢件事喺我心目中好難磨滅。」

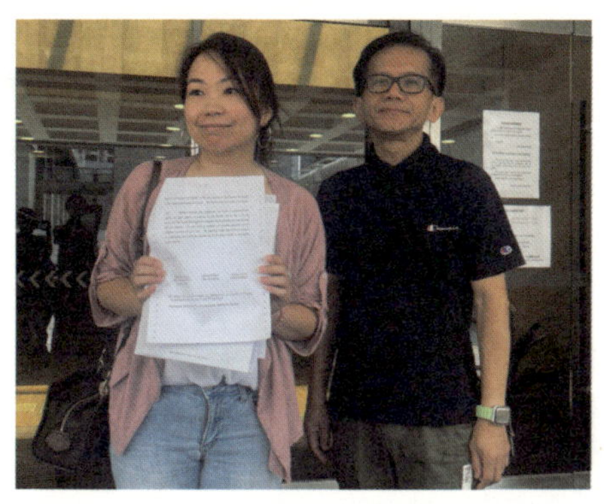

2023年7月26日，梁淑玲（左）、趙炳全（右）等遇難者家屬爭取召開死因研訊勝訴。

「人總要向前睇嘅，但無奈我每次提起呢件事，都唔能夠忘記，我曾經應承過，我死都要追查落去，起碼對我失去咗嘅姐姐有一個交代。」

「點解會發生？我屋企人因咩而死？到我媽媽都過身，我唔能夠喺我媽媽過身之前同佢有所交代，我做仔嘅覺得好難受、好內疚。」

以上是我過去多年訪問兩人的部分節錄。老實說，每次訪問他們，內心都不好受。試想像家屬每年都要揭開瘡疤，重提失去摯親的感受，又開始覺得被社會淡忘，多麼煎熬。

我作為跟進的記者，目睹事情一年比一年難推進，也不禁會問，「其實報道仲有無意義？真係可以帶嚟改變嗎？」到最近兩年我開始覺悟，也許報道的意義，不僅在於是否真的可推動改變。“Let their voices be heard” 同樣重要，所以只要家屬想講，就繼續報道吧，這是我們至少還能做到的事。

海難發生後，全城哀悼，政府高調宣布會徹查事件，時任特首梁振英承諾「絕不姑息」，當年的運房局局長張炳良亦表明，內部調查報告「不可能不公開」。惟事件擾攘近 11 年，經歷 3 屆政府，報告仍未完全公開。政府指 17 名海事處人員涉行為不當，但基於私隱不能公開身分及紀律程序結果。

家屬為追尋真相，一路走來，殊不容易。最後爭取到召開死因研訊，全靠他們鍥而不捨，親自入稟、被駁回、再上訴，成為首宗以公眾利益為基礎、成功爭取召開死因研訊的上訴案。而其實家屬上訴所依賴的理據，亦是靠他們 2021 年向法庭申請，取得警方呈交死因庭、超過 2,000 頁的死亡調查報告，再交由記者及律師消化分析，才找到蛛絲馬跡。

一名死者家屬，花上超過 10 年時間等待、索取文件、主動入稟，才換來死因庭召開，令人不禁慨嘆，「這還算公義嗎？」

怎樣也好，正如 Alice 所說，可以等待，也是一種希望，隨着上訴庭下令召開死因研訊，對家屬以至記者而言，猶如開闢了一條新路，盼能進一步走近真相。也請大家持續關注，畢竟死因研訊，並不只為找出死者死亡原因，更重要是防止悲劇重演。

最後，我想起有一位家屬曾經對我說：「如果有得揀，我寧願唔認識你。」

因為一場悲劇而連繫上，實在不值得高興。但大家在不同位置，一同走過了 11 年，今天終於看到少許曙光，可以暫時忘憂，共聚暢談，實在非常難得。

做記者最大的滿足感，莫過於此。

記者 陳婉婷

註：Alice 部分說話節錄自《法庭線》特備 Podcast，可在《法庭線》YouTube 頻道收聽。

2012 年造成 39 人死亡的南丫海難，死因庭 2020 年決定不召開研訊，3 名遇難者家屬認為事件成因、責任未完全釐清，入稟要求高院下令召開死因研訊，2022 年一度被駁回，其後獲上訴庭裁定得直。死因庭於 2025 年 5 月，為 39 名遇難者一併展開研訊，聚焦議題包括負責建造南丫四號的財利船廠，是否得知要安裝水密門？與南丫四號相撞的海泰號，船頭有否加裝鋼片？海事處是每年抑或隔年檢查南丫四號艙門？死因研訊主任透露，擬傳召逾 90 名證人作供，但有部分人因健康理由或無法再聯絡，未能傳召出庭。

延伸 Podcast：

【法生咩事】EP.1

南丫海難｜家屬與記者走過的 11 年

2023.10.2

南丫海難：未解的心結不能觸碰的痛

各位讀者：

剛過去的星期日（2023年10月1日），是南丫海難11周年，意外成因未清楚，家屬心結未解，我們未有忘記，繼續努力報道。這次訪問，有一位家屬打破沉默，首次道出家人過去11年所經歷的創傷，令人心酸。

Sally（化名）在海難中痛失姐姐，她的姐夫大受打擊，終日以淚洗面，不想見人。她提到，姐夫與姐姐非常恩愛，兩人無兒無女，多年來互相依靠。而姐夫朋友不多，「可以講，姐姐就係姐夫嘅全世界」。海難發生那一年，姐姐52歲，姐夫53歲，兩人正開始籌劃退休後的旅遊大計。

結果，姐夫一夜間痛失摯愛，人生頓失支柱，每日都是煎熬。

2022年，姐夫在家中突然離世。Sally慨嘆：「我姐姐走咗之後，姐夫一個人生活，而我姐姐嘅嘢，佢一件都無掉……你諗吓呢10年佢係點過？」

一場海難，帶走了 39 條人命，而受害者，又豈止 39 人？

他們的親人所承受的創傷、鬱結，不會輕易消失，甚至會纏繞一生。看到有遇難者家屬為追尋真相，多年來屢敗屢戰，又有家屬於 11 年後，勇敢說出那不能觸碰的痛，就知道「時間不會沖淡一切」。

他們年復年揭開傷疤接受訪問，完全不是為個人利益，只盼事件不要被社會遺忘。所以只要他們仍然有話想說，我們都會繼續報道。這是我們作為記者，至少可以做到的事。

跟 Sally 做訪問，還有一句令我特別深刻，她提到自己不夠勇氣，若非看到幾位遇難者家屬堅毅不屈，她未必敢站出來：「喺佢哋身上好體現到一句，就係佢哋堅持，所以有希望。」

Sally 可能不知道，當她說出這句話時，我在電話的另一端，鼻子一酸，有點感觸。

無獨有偶，9 年前我曾經做過一個訪問，聽到很相似的一句說話。那位受訪者，叫謝志堅。

大家還記得這個名字嗎？他是菲律賓人質事件中，殉職領隊謝廷駿（Masa）的哥哥，曾跟南丫海難死者家屬一樣，為了替摯親討回公道，年年硬着頭皮受訪。

2010 年 8 月 23 日，一批港人跟隨康泰旅行社到馬尼拉旅行，旅遊巴駛至黎剎公園時遭槍手門多薩挾持，最終導致 8 死 7 傷，槍手被擊斃。菲政府被指在事件中營救失職，導致慘劇發生，惟時任菲律賓總統阿基諾三世不肯道歉。直到 2014 年 4 月，死者家屬及傷者等了 3 年零 8 個月，事件出現轉機，菲方派出時任馬尼拉市市長埃斯特拉達來港，就人質事件向他們致歉，並提出賠償方案。

事發當日，不少人透過電視直播目睹整個過程，可說是香港的一場集體創傷。當年入行僅兩年多的我，也有被派往馬尼拉採訪，之後再跟進在香港進行的死因研訊，因而認識部分傷者及死者家屬，包括謝志堅。

還記得那 3 年零 8 個月，謝志堅為了菲律賓政府一句道歉，曾於事件一周年時與生還者李瀅銓兩度飛往馬尼拉見律師，之後多次開記者會、企街站爭取關注，更於三周年事件膠着苦無去路時，「追擊」時任特首梁振英落區，批評港府追究不力。

最終在 2014 年，總算等到菲方「遲來的歉意」。我之後問他，會怎樣總結那幾年的抗爭。他說：「唔係因為你睇到有希望，你先至去堅持，係因為你嘅堅持，你先至會有希望。」

兩宗悲劇的家屬，追討之路殊不容易，全憑他們的驚人意志，將不可能變成可能。但願我們都能從中學習，堅守自己所相信的事，不要輕言放棄，即使身處絕境，也要相信前路總有光。

最後，想跟大家分享一個小插曲。其實 Sally 早於 7 月聯絡我們，指從報道中知悉南丫海難其中一位死者家屬梁淑玲，呼籲其他家屬加入死因聆訊，Sally 希望替姐夫接續處理，但不知如何聯絡梁小姐，希望我們可幫忙。我們當然非常樂意協助。

後來跟她通電話，我好奇問：「其實你係點認識《法庭線》嘅？因為 7 月嗰時，好多媒體都有報道家屬勝訴，點解你會諗到經我哋搵其他家屬？」Sally 說，她早於 2022 年已有關注《法庭線》，亦留意到我們持續報道南丫海難的新聞。在報道發布後，我再收到她的訊息：

「雖然前路艱難，請你繼續努力，加油。」

收到這則短訊，再次令我鼻酸。原來一個蚊型媒體，縱使讀者群遠較傳統媒體小，也有能力成為橋樑，令兩位素未謀面的遇難者家屬重新連繫。

當 Sally 說從其他家屬身上，看到「因為堅持，先有希望」，我也想跟她說，謝謝她讓我感受到，無論環境如何轉變，記者的工作，仍然有它的價值，仍然可帶來改變。

謝謝你。

記者 陳婉婷

延伸閱讀：

南丫海難 11 年｜爭死因研訊勝訴
受鼓舞難屬破沉默受訪
「係佢哋堅持先有希望」

2025.3.15

採訪手記：支聯會案判詞的黑色方塊

與很多人一樣，我很早已認識「支聯會」這 3 個字。每逢六四臨近，電視台的六點半新聞報道，總會提及維園將有燭光晚會，又會重播往年的畫面，比較出席人數等等。

《國安法》之後，支聯會能否繼續運作成為疑問，特首都被問過相關問題。2021 年 7 月，警方突然發出通知書索取資料，說有合理理由相信它是「外國代理人」，令不少人驚訝。

支聯會的常委由接獲通知書以至整場審訊，都大力否認這一點。

記得剛轉至法庭組時，反修例示威案仍是排山倒海，大多數被告與我年紀相若，甚或比我更年輕。他們再用力隱藏，眼神、肢體小動作都會流露一抹緊張和不安，但支聯會拒交資料案 3 位不認罪的被告卻不是這樣。

4 年以來，由裁判法院、高等法院去到終審法院，提堂、審訊、罪成、判囚、第一次上訴失敗、終極上訴得直，他們面對每個階段都是一貫從容。

終審勝訴那天，鄒幸彤離庭前笑着舉起「V」字手勢。30 多歲的她每次出入法庭都面帶笑容，露齒笑那種，她瘦削但精神飽滿，向旁聽的人揮手打招呼，用英語自辯，聲線洪亮、陳詞流暢，但有時會像機關槍般一輪嘴，即使法官間中一句“Miss Chow”打斷，要抄足仍是不易，相當考驗手速和聆聽理解。

50 多歲的鄧岳君似是 Facebook「當年今日」的人肉版，常帶來與支聯會相關的物品，例如場刊、剪報等，來提示今天是某人某事的幾多周年，就像那天在終院外，他說裁決還了支聯會義工清白，表達了「公道自在人心」的感想之後，還是會補一句，「今日係 2025 年 3 月 6 號星期四，希望大家繼續記念八九民運 36 周年」，手拿着的是報章的六四報道。

年紀最大的徐漢光，已屆七旬，鄧岳君喚他「徐 Sir」。他有時會穿拖鞋，健步如飛；終院聆訊那天，他一如之前，拖着「買餸車」出入。大概因鄧、徐一派輕鬆，保安員問他們是否來旁聽，兩人笑着解釋「我哋係上訴人呀」。

PII 與黑色墨水

採訪這場審訊，對我來說門檻極高，可說是我目前記者生涯之中，最難、要做最多功課的一場審訊。

它是《國安法》實施細則的第一案，由條文字句（附表五、附表七）、字眼定義（外國代理人）到控罪元素，都沒案例參考，向人請教亦幫助不大，因為大家都沒經驗，不過拿着條文研讀，尚能一步一步摸着石頭過河。

但「公眾利益豁免權」（PII）卻是難以逾越的鴻溝。

控方說，由於警方仍在調查，要引用 PII 遮蓋調查報告，結果庭上出現了一堆「組織 2」、「人物 1」之類的代號，金錢往來的實數不明，只知是「數十萬」、「數百萬」。控方引這堆代號組成的調查結果，指警方是合理相信支聯會是代理人。

辯方案情，只得在由代號組成的調查結果之上展開，但無論鄒幸彤指出「組織 4」付款的性質可能是甚麼、「人物 3」是不是用支聯會身分收取「組織 5」的資金，抽空了身分仍是難以理解，國安處警司亦引 PII 拒答部分問題，令場邊旁聽的記者滿頭問號。

起初以為一時解讀不到庭上資訊，他日有判詞就能揭開謎底，但原來不是。

特別記得在裁判官就 PII 範圍裁斷之後，辯方指文件仍是大部分被塗黑，鄒幸彤說「我只收到很多頁的黑色墨水」、「我會形容為 99% 的內容都被遮蔽了」、「我不知道是否應感激控方的『慷慨』」。坦白說，當時我以為她是在「派 Bite」。

直至裁決日，裁判官在判詞披露了那兩份遮蓋了的文件，我們才知她所言非虛。

那一天，司法機構印好了判詞派給記者。那是用橡筋綑起，有 3、4 疊釘好的 A4 紙，我接過後覺得頗重，瞥見附件有很多黑色方塊，一度以為是影印機「漏墨」，再看一眼，恍然大悟，與行家面面相覷：「原來這就是『黑色墨水』……」

記者資訊受限，影響可能是報道不準確或者不完整，但對辯方來說，資訊受限就意味他們在刑事審訊中難以抗辯。

裁判官在判詞披露控方引 PII 大幅遮蓋的國安處調查報告，以及通知書申請書，多頁可見「黑色方塊」。

CONFIDENTIAL 機密
Investigation Report on
INTRODUCTION
THE LEGAL PROVISIONS
(C) Connection with Foreign Political Organizations / Agents
Events in Hong Kong and Connections with Hong Kong Alliance
Thanksgiving Vigil in Victoria Park
(A) Foreign Agents
Requirement
Circumstances

支聯會是否代理人？

鄒幸彤在庭上嘗試指出警方指控支聯會所代理之組織身分，控方一度引 PII 反對，警司證人亦拒絕確認。

輪到鄒幸彤作供，她講及對支聯會的記憶，引公司章程、決策架構等，指支聯會由約 200 個公民組織組成，「由始至終，都係香港人自發組成嘅團體，而唔係咩外國派嚟嘅代理或棋子」，控方亦沒有針對性地反駁。

支聯會是誰的代理人，是辯方由始至終都在問的問題。但控方一直都沒有給出完整的答案，一方面稱並非控罪元素，另一方面又申請了 PII 遮蓋。後來終院說，控方既錯誤理解控罪元素，申請 PII 亦令自己沒證據可用。

所以直至審結，3 個級別的法院都沒對支聯會是否外國代理人作出裁定。但對被告方來說，控方在審訊沒能證明（或認為毋須證明）支聯會是代理人這一點，已還他們清白。

當談及六四的場所由維園移至法院，法庭似乎難以避免要有所裁斷。警方的調查報告，描述六四是「安排清場」；鄒幸彤庭上稱「天安門大屠殺」，被控方要求改用字。裁判官說為保法庭公正性 ，不談政治，要改用「事件」，說大家都明意指甚麼。之後亦要求鄒改用「報稱受害人」、「聲稱六四倖存者」。

勝訴敗訴以外，也許更重要的是，已發生的事情會如何被審視及挑戰。

記者 Kaitlyn Li

2025 年 3 月 6 日，終審法院裁定鄒幸彤 3 人勝訴，鄧岳君帶着剪報讓記者拍照。

延伸閱讀：

支聯會資料案鄒幸彤 3 人終極勝訴
終院指遮報告礙公平審訊
兩下級法院均錯誤

2025.4.7

林卓廷披露廉署調查案終極上訴現場

各位讀者：

終審法院 2025 年 4 月就林卓廷披露游乃強受查案頒判決，裁定林敗訴，恢復他的定罪和判刑。

案件在 2025 年 2 月進行終審聆訊。終院聆訊有 5 名非常資深的法官參與，雙方事前都交足文件，然後在庭上口頭補充、回應法官的質疑。這些短問短答，頗考驗雙方的準備功夫與臨場應變，因此是記者留意的重點。

這次庭上雖然短短兩小時，但涵蓋了不少資料，今期手記說說那些因篇幅所限，未有寫進報道的細節。

林面對的「披露受查人資料」罪，來自《防止賄賂條例》第 30 條。雙方庭上都同意，控罪目的是維護廉政公署就貪污相關罪行調查的完整性（integrity），意思是讓廉署能秘密地調查這類案件，避免打草驚蛇而讓目標人物洞悉先機，得以及時與涉案人夾口供、毀滅證據，甚至逃離香港。

律政司一方進一步解釋，在貪污罪行中，涉及行賄及受賄的雙方達成互利的秘密協議，他們一般都不會舉報對方（例如有別於詐騙案，執法部門可憑受騙一方的舉報展開調查），故廉署調查通常都很困難，必須確保不走漏風聲。

雙方都引控罪條文沿革，「咬文嚼字」，爭議應該如何詮釋。

代表律政司的副刑事檢控專員黎嘉誼，語速較緩慢，語調沒太大變化，予人小心翼翼的感覺。他雖然同意控罪旨在維護貪污相關調查，但提出條文之中「受調查人的身分」這7個字，應詮釋為包括所有廉署調查的罪行。

那麼廉署有權調查甚麼罪行呢？

綜合庭上和翻查法例，除了貪污，還有選舉舞弊、公職失當、詐騙、虛假文書、妨礙司法公正等等。律政司的意思是，當知道有人受到廉署就這些罪行調查，而向公眾披露受查人的名字，就是觸犯了這控罪。

律政司的主張惹來法官連番質疑，但主要不是質疑定義過闊，而是不合邏輯。因為這7個字是針對向公眾披露的第(1)(b)條獨有，但針對向受查人披露的(1)(a)卻沒有。首席法官張舉能說如採用律政司的解讀，就會引致「告知受查人本人就沒罪，告知受查人的叔伯阿姨等就有罪」的情況，直言「怎可能是對的？」黎雖然一再解釋，但顯然無法解答法官的疑問。

林卓廷由大律師沈士文代表，他的語速、語調都比較自然。

他追溯立法歷史，指條文的原意是將控罪收窄到更加明確針對貪污相關的調查，而林是披露了游乃強因涉嫌公職失當罪受查，沒說游因涉嫌貪污受查，所以林並沒有犯法。

不過張舉能與常任法官李義提出頗為有力的質疑：就算林沒提及「貪污」，他的披露是否都會危及廉署的調查呢？意思就是當A知道廉署調查B有無貪污，只要A披露B受查，就算沒提及因為甚麼罪行，是否已經足夠令B洞悉，造成通風報信、打草驚蛇的情況呢？

沈士文就說，早已預計法官會這樣問，他引控罪詳情、開案陳詞指出，控方並沒有指控林卓廷通風報信，林是廉署的前調查人員，與游乃強不是朋友，認為事情重要才對公眾披露，所以法官提出的問題，應留待日後有適合的案件才處理。

他認為，本案純粹關乎條文的詮釋，而字眼、原意都明確，律政司的解讀過闊，不可能正確。至於條文是否足以維護廉署的調查，他強調應留待立法機關考慮，法庭需考慮的只是現行條文該如何詮釋。觀乎法官神態，他們似乎明白沈的陳詞，但未有流露是否同意或反對。

終審法院事隔兩個月後，裁定林卓廷敗訴，恢復他的定罪和判刑。5名法官都有在判詞表達看法，顯示有明顯的分歧。為何形容為明顯？因為部分法官頗直接地批評及質疑其他法官的觀點。雖然最高級別法院在處理富爭議性的議題時，不同法官就觀點交鋒是正常事，但這在近年終院裁決實屬罕見。

有多罕見呢？我們統計過，終院由 2019 年至今就正審案件頒下逾 80 份判詞，當中只有岑子杰同性海外婚姻覆核案，終院以 3 比 2 裁定岑部分得直，其餘全部案件都是一致裁定得直或一致駁回。林卓廷案是近年第二宗以大比數達成裁決的正審案件，反映極富爭議。

5 位法官都有寫下各自的分析和判斷，他們主要爭論甚麼呢？

控罪條文針對的情況是，當一個人明知或懷疑某人因涉嫌貪污而受到調查，他向受查人或者其他人（公眾或者受查人身邊的人）披露了甚麼，才算是違法？

李義認為有兩種詮釋方法，若然側重條文的用語，必須是披露了那個調查是關於貪污罪行才算違法。但他認為這樣詮釋不正確，因為隱晦式的披露往往不需言明，例如簡單一句「廉署查緊你」，可能都已做到通風報信，若只要不提及廉署是在查貪污就可免受刑責，可能會有漏網之魚。

李義進而提出側重立法原意，即維護廉署調查保密的詮釋方法。他說條文中「事實」和「細節」兩個字眼可解釋為「有調查在進行」(existence of the investigation)，即是說，在明知或懷疑某人因涉嫌貪污而受到調查時，僅僅披露「有調查在進行」，即使沒提及調查甚麼罪行，都是違法。這種詮釋正正能針對隱晦式的披露，單說「廉署查緊你」已墮入法網。

張舉能認同李義的觀點，認為這種詮釋並非牽強，又指條文的用語不是採納廣義詮釋的障礙。

常任法官霍兆剛、林文瀚就大力反對，他們分析條文用語的字面意思、前文後理及立法修例歷史，認為根本不能支持李義提出的解讀。霍兆剛明言，李義的詮釋方法是不真誠、牽強。林文瀚亦說，不能理解條文如何如李義所解讀那般，涵蓋了廣闊的定義。

兩人認為條文唯一可行的解讀是，必須披露了調查是關於貪污罪行才算違法。那麼隱晦式披露是否不能入罪呢？兩人說若有這情況，控方就有責任舉證，例如要證明「廉署查緊你」一句，如何構成令人察覺是意指有關貪污罪的調查。

來自澳洲的非常任法官歐頌律投下關鍵一票，他認為李義的詮釋才正確，因為能確立條文，而不是削弱、限制其對廉署調查的保障，終院最後以 3 比 2 裁定林卓廷敗訴。

林卓廷2020年12月因本案被捕，事隔逾4年終審判決塵埃落定，案情指出廉署人員2019年向林披露調查游乃強一事。那麼游案進度如何呢？林卓廷案終審裁決後，廉署回覆我們稱，「廉署尊重法庭的裁決。對案中提及的調查，廉署沒有補充。」

說回林卓廷，他在聆訊當日精神不俗，與律師談話時聲音洪亮。

他在本案被裁定罪成後，一直獲准保釋等候上訴，而他現時正就47人案、721非白衣人案服刑，今次終極敗訴、恢復定罪之後，他的總刑期將會加長。

《法庭線》編輯室

海外非常任法官歐頌律獲委任後，在2025年2月首次到終院參與審理上訴案件。

終審法院裁定律政司得直，恢復林卓廷的定罪及 4 個月監禁的判刑。林在 47 人案被判囚 6 年 9 個月，於 721 非白衣人案被判囚 3 年 1 個月（當中 3 個月同期執行），就披露受查案被加監 4 個月。

按《法庭線》計算，林上述 3 案的總刑期約為 10 年，若全部刑期都不獲獄中行為良好扣減，最遲或至 2031 年才獲釋。他已就 47 人案及非白衣人案提出上訴。

截至 2025 年 6 月，林另有兩宗刑事案件，包括 2019 年立法會《逃犯條例》法委會「鬧雙胞」，他被控違《特權法》一案，他不認罪，排期於 9 月開審。另外，林於 2019 年涉迫刪示威者照片一案，原審獲裁意圖妨礙司法公正罪不成立，律政司已提上訴，待排期聆訊。

延伸閱讀：

林卓廷披露游乃強受查案
終院 3 比 2 裁定律政司得直
官就條文詮釋現明顯分歧

2022.8.14

採訪手記：清潔工疑遭磚擊斃與別不同的謀殺案

看翁靜晶的《危險人物》、雲海的《案件鬧鬼》長大，聞謀殺、誤殺，腦海就會浮現「Hello Kitty 藏屍案」、「八仙飯店之人肉叉燒包」、「廿八座大王」等關鍵字及情節。當上法庭記者後，不時從行家聽聞，謀殺案審訊偶有驚奇事，故暗暗抱着「獵奇」心態，「期待」跟進謀殺案審訊時，與其他案件有何不同。

結果，第一宗跟進的謀殺案，沒有上述驚駭情節，也沒有寒意乍現。超出預想的，反而是每次退庭都有至少三分之一排的旁聽者，站起向被告欄揮手，至陪審團裁定誤殺無罪，家屬含淚對律師鞠躬，庭外有人互相拍肩。

這宗案件，就是在 2022 年 8 月中正式審結的「上水掟磚誤殺案」。

案發在 2019 年 11 月 13 日，當日有人發起「晨曦行動」，上水北區大會堂外有示威者以磚頭等設路障發動「三罷」，另一批政見不同者執磚清理，雙方起爭執、互掟磚頭。原本在清磚的一方，70 歲的清潔工羅長清疑遭硬物擊中昏迷，送院翌日不治；另一男亦遇襲受傷。

兩名案發時年僅 15、16 歲的少年，同年 12 月被捕，2020 年 4 月被控謀殺羅長清、襲擊傷者 X 及參與暴動，共 3 項控罪，令本案成為反修例運動中，首宗示威者被控謀殺的案件，以及首宗有陪審團參與審理的暴動案。

兩名「00 後」被告，一人姓劉，另一人姓陳，自 2020 年 4 月起還押，其時 16 及 17 歲；開審前，他們已在懲教所過了兩個寒暑，18 歲的生日也在圍牆內度過。

在 17 天審訊期間，我特別留意兩人神情——他們的人生至今有十分一時間在懲教所內，亦面對關乎一條人命的謀殺罪，餘生能否得自由，可能在短短 17 天內敲定。他們如何面對？

首次在被告欄內看到二人，是在高院 7 庭。當天抽出 5 女 2 男陪審團，案件正式開審。兩人身穿黑色西裝，內襯白袖衫，頭髮梳得整齊，在懲教人員引領下，頗精神地步入庭內，在靠近陪審團的被告欄坐下。

從庭上資料得知，二人是小學同學，偶會到對方家中玩耍。陳在錄影會面中，提及過他和劉案發時在場，但後來因該片段不會用來舉證劉，故相關段落在播給陪審團前已刪去。二人在庭上雖甚少交流，但辯方律師稱他們仍舊老友。

審訊中，二人少有表露情緒，就像平湖一樣。稍為年長的劉是首被告，他一直坐得筆直，像課室內坐在首排、乖乖聽課的學生。較年幼的陳，播片時會靠前盯向螢幕，雙手緊握，看似緊張。他也會不時瞥向旁聽席，似是尋找親友；退庭時偶會用手掌心拍拍下巴、活動肩膊鬆動筋骨。

每次退庭，至少有三分之一排的旁聽人士，站起向兩人揮手示意，有人會高叫「撐住呀」，但二人只是望向旁聽席，沒有如其他案件的被告般作手勢或點頭等回應。

直至審訊第七日、控方案情完結，法官杜麗冰宣布因證據不足，下令由謀殺改誤殺，方第一次見到二人瞇起笑眼。

劉一方沒傳召任何證人。陳則有胞兄及媽媽先後出庭作供。當時心裡假設，當親人說得激動時，陳大概會受影響，如果流眼淚、有肢體語言或動作，就需要加入報道。

但都沒有發生。

特別記得，在審訊第八日陳母出庭作供。她是單親媽媽，靠做清潔工養大兩子。當陳母每次提及警員一度不准兒子服藥，而他出現手震、腳震、眼神驚慌等病徵時，都語帶哽咽、唞大氣，數度取出紙巾拭淚。

當控方不斷提出質疑，陳母數次情緒激動，一次更帶嘶啞說，「我唔係話一個學歷好高嘅女人，我係好細微好細微嘅一個清潔阿姨，我都唔知點解會變成咁樣今時今日坐喺度。」

抄下陳母控訴的同時，我即望向陳，卻不見他神態變化。作供後，陳母箭步離庭，與兒子沒望彼此。當時我想，她這麼着緊兒子，為何在庭內沒望一眼？抱着疑問走到庭外，即見陳母已然獨坐 7 庭旁的證人室，用紙巾擦臉不住飲泣。

腦中閃過她適才的供詞。

陳母說，陳被捕當日，她正和朋友外出，突然收到警方電話，說兒子涉及傷人案，「叫我盡快返屋企。」

她乘的士趕回家，門外警員說「好小事，唔使擔心。」門一開，就見兩個兒子和警員坐在梳化，而陳的眼神驚慌。

庭上的陳母，打扮似是尋常主婦，身型稍胖，穿鬆身衣物、盤起鬆散髮髻，驟眼看來是那種在街市手執一袋二袋菜肉魚的師奶。說話時聲大大、略有普通話口音，感覺如她所說，是個很普通的阿姨。但市井之中，又見謙卑，總是喚警察做「警察先生」；情緒激動後，又會頻頻道歉，「唔係有心大聲」。

盤問時，主控周凱靈一來便說，「唔係要冒犯你，想問你嘅教育程度係？」陳母答，「國內嘅中三」。周問她職業，陳母答清潔，洗碗、拖地、洗廁所都做。期間陳母激動提及，陳去哪裡、和誰一起，「佢都會同我講」。周即質疑，「但佢案發當日，朝早4點就出咗門口」。陳母再激動指，「我瞓咗，知嘅話就唔會畀佢出門！」

大概在她眼中，兒子一直乖巧有交帶，陪同兩子赴警署，也一心「以為好小事」，結果現在兒子坐在被告欄內接受審訊……我好像開始有點明白，她說「我都唔知點解會變成咁樣今時今日坐喺到」的意思。

後來法官判刑時，特別提到兩被告來自單親家庭，她就家人或未有時間好好管教而酌情減刑。

唯一能清晰看到被告情緒，是裁決當日。陪審團從法官、書記處了解宣判程序後，便在2022年7月12日早上10時半退庭商議。記者只能從庭外守候。當時行家估計，這宗案件矚目，說不定要商議幾日，但出乎意料，7個小時後便有結果。

甫開庭，在被告欄坐着的陳眉頭深鎖，不時閉起雙目深呼吸，再次雙手緊握，待陪審團步入庭內後，坐得筆直。在書記逐一問控罪達成何等比例裁決、有何決定時，陳前後移動坐姿，看來坐立不安，得悉誤殺和有意圖而傷人罪均不成立時，即雙眼泛紅並且啜泣。

這是記者第一次看見他在庭上哭。

我在筆記上寫，「1729播完錄音，1730開庭」，一行7人陪審團列隊步入法庭。當時氣氛尚算輕鬆，有些輕語的談話聲，大概有不少人以為會押後明早宣判。直至書記問，陪審團是否已有決定，首席陪審員表示「是」後，氣氛瞬即凝結。

那個過程約數分鐘，但經歷起來很漫長。書記按控罪及被告次序，逐一問，「就首被告的誤殺罪，是否有決定」首席陪審員答是。

「是否一致？」

「是。」

「罪名成立抑或不成立？」

「不成立。」

庭內即有人抽了一口氣。

至傷人罪再重複上述。書記問，「是否一致？」首席指，「不是。」

庭內有人發出咽口水聲音。書記問，「是否大比數？」「是。」「幾比幾？」「6 比 1」、「5 比 2」。眾人屏息靜氣。「罪成抑或不罪成？」「不成立。」又有人吁了一口氣，陳亦即雙眼泛紅和啜泣。

不知當刻他是否想着，至少他不是「負了一條人命」。

最終兩人被陪審團裁定餘下的暴動罪成，法官判囚 5 年半。離家已兩年的少年終有歸期。

這宗謀殺案沒驚駭情節，卻甚為矚目。有傳媒以「飛磚殺人」、「上水擲磚擊斃清潔工」起題，不過審訊時播放的片段，未有清晰顯示死者是遭磚擊中，聆訊過程中，只有控方曾於陪審團不在場的案件管理中，向法官提及死者是遭磚擊中，並曾在審訊時將兩塊現場的磚頭，交給陪審員讓他們感受重量。

控方並沒人證、物證，能夠指認兩被告就是持磚掟死死者的人，而是依賴「共同犯罪原則」入罪；這點是否成立當然需留待法庭裁決。惟傳媒報道可影響社會與公眾對被告的印象，宜慎選用字，保留和反映現實中的疑點。

另一方面，長達17天審訊，讀者一般不會每日閱讀，《法庭線》棄用「續審」，而是在每篇報道註明第幾日審訊，讓讀者能快速掌握審訊去到哪個階段，爬梳報道時也能更容易掌握每日審訊有哪些證人與重點供詞。

記者 Kaitlyn Li

延伸閱讀：

上水清潔工疑遭掟磚誤殺案

17 天聆訊總結：

官改控誤殺、控方引共同原則、警否認威嚇

2025.6.21

法庭特寫：
虐殺男嬰案
狹小法庭內公義如何伸張？

2019 年 8 月底，社會沸沸揚揚之際，明愛醫院接到男嬰何義文的急症個案，他才一個多月大，由媽媽抱着，陷入昏迷，臉上有明顯傷痕。醫生嘗試搶救，送往瑪嘉烈的兒童 ICU，但他最終在留醫第七天離世，生命只有短短 53 日。

義文的父母 30 歲上下，一同被控謀殺、殘暴對待兒童。但這案欠缺直接證據 —— 既沒目擊證人，亦沒兇器。兩人堅稱可能是大約兩歲的哥哥誤傷弟弟，手機片段看到他試過跪坐在弟弟身上搖晃他。控方指控，猛力、重複搖晃男嬰的其實是父母。

謀殺罪成要判終身監禁，7 位陪審員商議大約 4 個半小時就達成一致裁決，時間不算長。

審訊時，陪審團如何被展示證據？控辯訴諸常理、引發同情，法官的引導如何幫助陪審團聚焦在關鍵議題？

「Mr. Donald，我難以相信你的陳詞基礎是這樣。」

法官胡雅文瞪大眼，邊說邊翻閱桌上的文件。陪審團才退入休息室，她立即對代表男嬰父親的大狀 Richard Donald 表達不滿。

這宗謀殺案在高等法院一個狹小的法庭審理，記者席左邊是律師席，右邊就是法官的高台，微微仰望就清楚看到她的表情。對面不遠處是陪審員席，7 個人的反應一目了然。

誰是主犯？

審訊來到第 19 日，Richard Donald 剛剛花了數十分鐘，緩緩地講出他的結案陳詞。

「這宗案沒有證人目擊事件，控方全憑專家證人推測，但專家的意見純屬推論，有機會出錯。」

刑事案控方舉證要達到毫無合理疑點，Donald 面向陪審團，力陳控方的證據疑點重重，不足以將他的當事人定罪。他甚至引用控方專家的證供，支持辯方案情。

「據專家所說，如果男嬰真的被人用手捉住猛烈搖晃，應該會有視網膜出血、頸部與脊椎骨折，肋骨亦應該有左右對稱的傷勢，但這些都沒有出現。」Donald 雙手在胸前比劃，作狀抱着嬰孩搖晃。

7 位陪審員分兩排坐，前 4 後 3，每人桌上都放了文件夾，他們都在聆聽 Donald 的陳詞，有人注視着他，有人望着他時皺眉、雙手交叉在胸前，亦有人望向別處。

「控方說兩名被告之中，一人傷害男嬰，另一人知道但沒阻止就是協助或鼓勵，但根本無法證明誰是主犯，誰是從犯 …… 如果其中一人搖晃男嬰時，另一人在睡覺或者根本不在場，如何構成協助或鼓勵？」Donald 反問，循法理挑戰控方的案情。

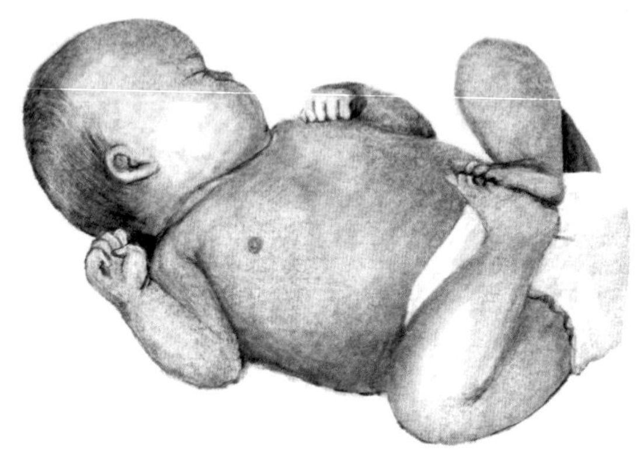

繪圖：Kensa Hung

他認為，控方若要依賴「從犯刑責」將父母同時入罪，必須證明誰人是搖晃男嬰，導致頭部致命傷勢的主犯。

「若果無法證明這一點，陪審團應該考慮案件有其他可能性。」

至於殘暴對待兒童，即虐兒罪，Donald 嘗試用家庭背景為被告說項。

男被告在工傷後沒有工作，一家靠綜援生活。Donald 說他們住在劏房，無力改善生活，誤以為男嬰發燒不危急，卻被指控為虐兒，「這樣的話，許多人都會因為未能改善家庭環境而受到法律制裁。」

在結尾，他請求陪審團裁定首被告無罪，說畢坐下。

關鍵證詞

如辯方所說，這宗謀殺案沒有直接證據。事發在大約 100 呎的劏房，除了兩個大人，只有大約兩歲的長子及滿身傷勢的男嬰。

誰能指證父母有無虐待？

「咁多點都係 highly suspicious of 虐兒，係我見過最嚴重嘅虐兒個案之一」，中大醫學院影像及介入放射學系教授朱昭穎說。

另一天作供的是威爾斯兒科副顧問醫生陳鳳英，「……義文呢個 case，我係第一次，直頭係 textbook 入面描繪嘅傷勢，有晒咁多個傷勢，直接指示係虐兒個案。」

除了她們，控方還找來法醫、骨科、腦神經外科醫生，分析義文的臉部傷痕、腦出血、9 條肋骨骨折及大腿近膝蓋的幹骺端骨折 —— 專家證人不約而同認為，傷勢與遭搖晃吻合，有人說是重複，有人說是猛力，大致都指向「搖晃嬰兒綜合症」。

但男嬰受到重傷並沒爭議，問題是由誰人造成、如何造成。

父母由與警員錄口供至出庭作供，都堅稱哥哥幾次傷害過義文，打、掐、咬，抱起時跌他在地、用手機扔他，甚至搖晃他。

女被告說，送義文入院的朝早，她因為聽到義文大哭而醒來，見到哥哥坐在他身上，猜測哥哥從床墊旁的行李箱跳下來，弄傷了他。男被告當時在睡覺，他說看不到事件，但此前見過一次哥哥這樣做。兩人供詞似乎沒出入。

他們的說法還有手機片段佐證，有兩段顯示哥哥爬上行李箱，然後跳落床墊，有一段則顯示他跪坐在義文的大腿，不久開始上下搖晃義文，導致義文哭起來。

如果哥哥這些行為真的發生過，父母的管教、照顧自然大有問題，但謀殺是嚴重得多的指控。若有疑點，利益要給被告。

哥哥是否的確有機會誤傷義文？

「絕對唔會係一個22個月大嘅小朋友可以做到。」朱昭穎說。

專家雖然無法肯定是誰下手，但憑他們的發現，似乎能夠排除一些可能性。

她解釋，義文的肋骨折「非常唔尋常」，以哥哥的身高及體重，不足以造成這樣的傷勢。而且若然哥哥從高處跳下一事屬實，義文的肋骨折應該在身前，而非身後。

陳鳳英有差不多的看法，指哥哥的手掌及力度都不足以做到捉住義文搖晃的動作，亦無可能有足夠力量擠壓他的胸腔。她甚至引父母的手機片段反駁，指哥哥跳落床墊時要男被告協助，落地時會「向前撬」，落點不準。

她引睡房環境分析，據父母描述，一家四口一同睡在地上的床墊，義文睡最近牆的一邊，與行李箱有距離，認為哥哥較難從該處跳到義文的身上。

「所以我個人有懷疑，呢件事有無發生。」

這一點法官都注意到，她曾經在女被告作供的後段介入，問了一個問題：四人同睡一床，哥哥從行李箱跳落床墊的當刻，兩個大人理應感覺到？

女被告同意。她重申那天朝早與丈夫在睡覺，她是直至聽到義文哭聲才被吵醒。

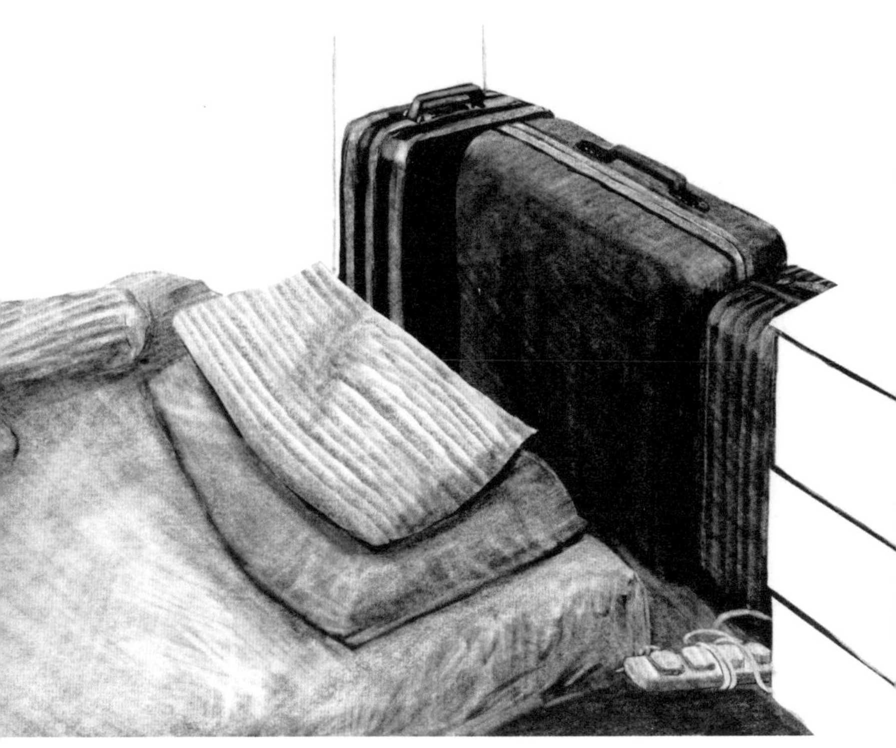

繪圖：Kensa Hung

不尋常的，還有送院過程和在醫院發生的事。

男嬰反應變差的那一天，父母沒叫喚救護車，而且花了 90 分鐘才出門。

警員找到住所附近的閉路電視，問男被告為何施施然去醫院。他解釋，當時與妻子都不知道兒子情況緊急，若然知道緊急會「衝住去」。女被告同樣說，當時以為義文是感冒、發燒。

但醫生發現情況差得多。

明愛醫院兒科醫生盧溢樟憶述，當日媽媽放下義文時，「見到小朋友好軟瀨瀨」，他瞳孔放大、體溫過低、心跳過緩，已陷入昏迷。他透過電腦掃描發現義文有腦出血，通知上司，立即安排轉送瑪嘉烈兒童 ICU。

「無論我同佢講小朋友有 critical condition 啦，同埋有講可能死亡嘅風險等等嘅情況，爸爸嘅情緒都好冷靜嘅。」盧溢樟說。他與幾位明愛、瑪嘉烈的醫生，都被控方傳召作供。

「我問佢一樣，佢答一樣 …… 俾我感覺係非常之冷靜，同我哋接觸開嘅家長有分別。」

那種分別，儘管是常理，盧溢樟在庭上說得清楚，「通常會講『醫生拜託你救吓佢』」，而且會盡力交代所有資訊，因為可能幫到醫生搶救。

他也憶述，媽媽安靜坐在一旁，「最後臨轉小朋友去瑪嘉烈之前，媽媽都有流眼淚。」

男嬰送到瑪嘉烈之後，幾位醫生為他做緊急手術，切開顱骨取出血塊。他出生第 47 天，就要承受這麼一個大手術。

「大腦情況幾差吓 …… 就算病人早啲到醫院，我哋都無辦法控制到佢嘅腦壓，所以我覺得都係救唔到佢。」屯門醫院腦神經外科醫生黃瑞濤說。他是專家證人之一。

他判斷，男嬰送院時已有嚴重腦部創傷，而這個致命創傷，是在醫院做電腦掃描前的 24 小時內發生。

男被告曾經確認，義文送院前一晚至送院前，只有他、妻子及哥哥接觸過義文。

控方憑這一點，加上專家證詞，認定搖晃義文、令他傷重致死的是父母，即使是其中一人下手，另一人知道但沒阻止，兩人都要負同等刑責。

「Terrible Two」

在幾條呈堂片段中，哥哥好動，會向鏡頭笑，牙牙學語向媽媽說話，又會與爸爸一同躺在床墊上。

自從父母於 2023 年還押，哥哥交由社署安排照顧。他大概不知道爸爸、媽媽被起訴重罪，而他自己都是案情一部分。

「兩歲嘅話，會好動啲、對啲嘢好奇啲。」盧溢樟說。

女被告的代表大狀 Michael Arthur 盤問他：「Terrible Two」是否醫生評估幼童的用語？若不用該詞，如何形容兩歲幼童？

盧補充，「Terrible Two」只是通俗的說法，醫生不會特別用這詞。

辯方的案情是，哥哥有時不受控。女被告庭上形容他「難搞」，叫過不要爬上行李箱，但都會照做。男被告就說，當他們抱住弟弟時，哥哥會妒忌，衝前咬及抓他們。

「兩歲幼童會否脾氣不好、不聽父母管教？」Michael Arthur 續問。

「唔完全認同，都睇唔同嘅小朋友，有啲小朋友都可以 obey commands。」盧回答。

主控林曉敏在結案陳詞說，生活片段所見，哥哥是喜歡笑的小朋友，專家同意沒證據指出他有傷害弟弟的暴力行為。

「義文不會傷害自己，所以唯一可能性是兩個被告就是施襲者，他們不斷嘗試將責任推到哥哥身上。」

她懇請陪審團，不要把傷害甚至殺死弟弟的責任加諸在哥哥身上。

回到法官跟進 Richard Donald 的陳詞的那一天，林曉敏也有站起來，指出幾個問題。

「專家沒有這樣說，恰恰相反，專家說不一定會出現所有徵狀，才能斷定是搖晃嬰兒綜合症。」她繼續說，專家亦都不曾提及，肋骨會有對稱的傷勢。

但不止證據，法官說 Donald 的陳詞中，對「從犯刑責」的闡述也有誤。

「我相信是這樣理解。」Donald 站着，回應法官的質疑。

「這無關你如何理解，是法律的要求是甚麼。」法官回應，繼續一邊翻閱紙張，看她自己在 Donald 陳詞時摘下的要點，逐項跟進。

她要確保陪審團正確理解證供，要求 Donald 向他們作出修正。

當陪審團回來，Donald 跟他們說：專家說過，嬰兒若遭到劇烈搖晃，不一定會出現視網膜出血、頸部及脊椎骨折；亦不曾提及若遭人雙手握住身體激烈搖晃，肋骨會有對稱傷勢，那是他的個人意見。

陪審團還要考慮的是，兩被告有無謀殺意圖。指引他們的責任落在法官身上。

法官胡雅文說，在沒有直接證據之下，陪審團可考慮環境證據作出推論。她說，謀殺意圖可以在數秒內產生，譬如被告突然情緒失控，不一定是早有預謀。

她亦修正 Donald 的詮釋，說控方毋須證明誰是主犯、誰是從犯，但要證明到其中一人下手，而另一人在場及知道，並有意圖透過不作為，提供協助及鼓勵。

「兩個被告與長子、男嬰一家四口睡在同一張床，倘若案發時男嬰曾經因遭其中一人猛烈搖晃而哭泣，另一人必然知道。」法官引述控方的主張。

「但如果認為辯方案情有可能發生，便不能裁定被告謀殺罪成。」

4 個半小時 —— 7 人陪審團只花了不到半日就達成裁決，以 7 比 0 裁定父母謀殺義文罪成。

陪審團在密室商討，過程亦沒紀錄，但商議的時間、比數，大概反映在他們眼中，控方的證據頗具說服力，而辯方的說詞經不起推敲。

作出裁決後，陪審團解散。法官說，明白聆訊對 7 人的生活造成困擾，感激他們的付出。

兩個被告聽到裁決時，表現平靜。但隔日判刑時，Michael Arthur 站起說，女被告因裁決情緒崩潰，「她希望向法庭提出，自己深愛兒子，從沒傷害他，並強烈反對陪審團的裁決。」

法官形容這案是悲劇，說除了義文，哥哥及在事發之後出生的妹妹都是受害人。

她說醫院當初懷疑義文受虐遂報案，父母向警員矢口否認，聲稱傷勢是哥哥造成，一度獲准保釋。警員向專家索取意見後，重新拘捕他們。

「難以相信兩被告無恥地歸咎於長子，他們對男嬰的所作所為令人憎惡 …… 無法想像當時男嬰所承受的痛楚。」

法官依法例將兩人判處終身監禁，虐兒罪則判監 6 年，同期執行。他們餘生大半都要在監獄。女被告低頭啜泣，散庭時扶着牆步入羈留室。男被告如此前一樣平靜。

無論刑罰幾重，無辜的生命都無法挽回。

嘗試伸張公義似乎是唯一可以做，也是法庭內外各人在努力做着的事。

記者 陳信熙、LTK、馮家淇

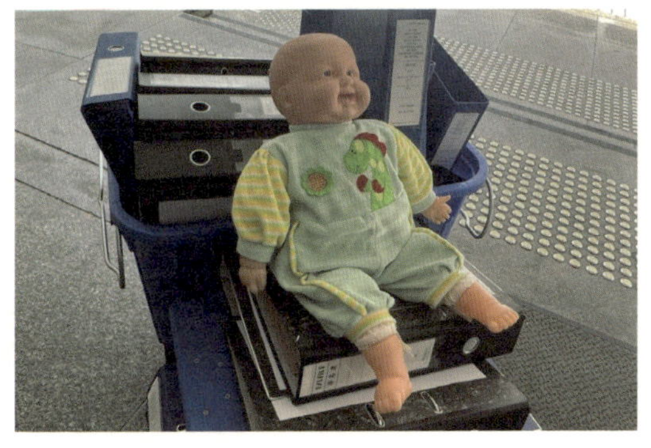

2025 年 6 月 11 日，警員在案件審結後將資料搬離高等法院，包括專家在庭上示範用的嬰兒模型。

2025.6.24

謀殺案報道限制與法庭特寫

高等法院最近審結一宗父母被指虐殺初生男嬰的案件（編按：前一篇法庭特寫）。男嬰因腦出血傷重死亡，亦有多處骨折，出生僅 53 日就離開了這個世界。年輕的爸爸媽媽矢口否認傷害過兒子，兩人提出事情的另一版本，亦有影片佐證，使人半信半疑。

謀殺案源於有人遭殺害，庭上有事實、有證人，一方指控，另一方抗辯，構成了故事的兩面。這類案件多人關注，說故事原本不難，但放在法庭審訊的情境就有一些限制。

一般來說，為免干擾法庭審訊，傳媒在審訊期間不會報道庭上沒提及的事情。而在設有陪審團的情況，傳媒會更加克制，有些事就算庭上提及過，只要陪審團不在場，都不會報道，以免影響他們的判斷。

例如在男嬰案，辯方大狀 Richard Donald 完成結案陳詞，法官在陪審團退到休息室之後，向 Donald 指出他的陳詞有問題，說他弄錯了法律原則，亦錯誤引用專家證人的證供。記者當日在法庭聽到，但暫時不能寫出來。

此外，在陪審團作出裁決之前，傳媒傾向只報道審訊的即日內容，不會整合證據。因為記者並非全面掌握案情，例如呈堂的驗屍報告、口供紙等等，記者沒法看到完整的文件，對證據的理解有限，故不宜作整合。

在審訊中，法官才是負責綜合證供的人，亦會引導陪審團考慮證據、作出裁斷。所以傳媒一般會待裁決甚至是判刑，即是案件審結之後，才會刊出跟進報道，例如回顧案情、整合證供，或者披露詳細證據等等。

東不能報，西不能報，說故事變得頗難。

陪審團審訊的即日報道注定是一塊塊拼圖、見樹不見林，有時比較緊湊，例如重要證人作供，有時卻像是無關痛癢的枝節，例如警員供述如何處理證物。

所以審訊後的整合報道 —— 拼湊圖畫、將樹砌成樹林 —— 重組案發經過，呈現事件和審訊本身的脈絡，有一定的價值與作用。

今次男嬰案，我們用了特寫報道回顧審訊。這形式容許較多記者的主觀導入，對場景和人物有多些描畫、鋪排，保留庭上的情感，例如引述專家證人的原話、記述法官與 Richard Donald 就修正陳詞的簡短爭辯。

報道也側寫在無辜的生命流逝之後，法庭內外勞師動眾，嘗試尋求公義的過程：控辯如何向陪審團展示證據、雙方如何闡述各自的案情，以及法官如何維持讓陪審團不受干擾作出裁決，引發思考。

特寫報道的背後，需要持續專注聽審及仔細記錄。男嬰案的20多天審訊，我們幾乎聽足全程，人手要求很高，而今次使用繪圖輔助報道亦有額外成本，未必能常做。我們會汲取經驗，在適合的案件再作嘗試。

《法庭線》編輯室

2022.12.7

採訪手記：梁健輝案 一場平靜結束的死因研訊

2021 年 7 月 1 日晚上 10 時許，在銅鑼灣崇光百貨附近，有大批軍裝警高調巡邏，以防有人聚集，當晚人潮較疏落，氣氛尚算平靜。有記者邊做直播邊與行家聊天，閒談間提及「今晚應該冇咩事」，更拍攝到一名女途人要求與 3 名男警自拍的趣事。

數分鐘後，梁健輝短暫現身於鏡頭上，看到他以正常步速經過，沒有引起任何人注意，當他再從鏡頭出現時，突然用刀刺向警員，然後刺向自己；在銅鑼灣鬧市、佈滿警員的街頭發生的這一幕，轟動全城。

由於梁健輝是在警方拘禁下身亡，死因庭須依例召開研訊，事隔一年五個月後在西九龍裁判法院舉行，歷時 5 日，期間家屬席一直懸空，陪審團最後用了約 1 小時商議，然後一致裁定梁死於自殺，沒有建議，死因裁判官也沒有補充。

《法庭線》梳理這場平靜結束的死因研訊，讓讀者了解當中揭露的一些細節。

聆訊首天傳召梁的胞兄及受傷警作供。梁的胞兄在屏風後作供，記者無法觀察他的神情，只知其語調平淡，不帶一絲情緒，與裁判官及研訊主任對答清晰有條理，像訴說陌生人的故事。胞兄透露，兒時與梁健輝念同一所中小學，當時對他頗為了解。當梁從澳洲的大學畢業回港後，因工作問題與家人漸生磨擦，及後更搬離家中。兩兄弟漸漸越走越遠，連 WhatsApp 對話都沒有。

胞兄作供後，裁判官提醒他作為梁的親人，有權留下參與聆訊，但胞兄確認他不會繼續參與，亦沒有其他家人到庭。家屬席一直懸空，旁聽人士寥寥可數。有別於一般死因研訊，沒有證人在言詞中對梁的死亡表達難過和惋惜，亦沒有人對梁的家人致以慰問。

庭上認識梁的人都形容，他性格文靜、少說話，外界對梁所思所想理解有限。梁的兩名維他奶公司同事，形容梁工作很負責任，早期會參與公司活動，但 2021 年有兩名同事離職飯敍時，他沒參與，又指梁從沒表達對社會時政不滿或政治傾向，亦沒有與人起衝突。

不過心理學專家形容，梁用刀刺向警員，再以同一把刀自插胸口，表達了他的憤慨和挫敗。而唯一有出庭的利害關係方、警方代表大律師則形容，警方在梁的房間內搜獲多份有標記的《蘋果日報》，可見梁對社會有根深柢固的誤解及錯誤認知，對警方有仇恨及不實的片面想法。

梁在現場灑下 8 隻 USB，內有遺書及一些照片，事發後被警方檢走，其後成為呈堂證物，庭上首度公開。

公眾對梁的印象，僅限於片段中模糊的身影，一個身型略胖、頭髮微禿的中年男子，用手掩着胸口。庭上發現，梁在 USB 儲存了一張證件相，相中梁精神飽滿、面露微笑、戴幼框眼鏡、身穿整齊西裝，配戴搶眼的紅色領呔，印有金色動物圖案。

梁的遺書向同事表示「極度抱歉，實在無法預先辭職。（希望可考慮今次原因）」，又為財產及後事作安排，提及自己有兩個戶口，一個為代通知金，另一為應付後事及雜事。

梁在文末特別提及，希望把「遺產（包括 MPF）（唔好有期望）捐給香港記協，如不成，請按法律次序。」亦提及他不希望設靈位，想使用環保棺木，火葬後將骨灰撒海。

本案並非首宗與社會事件相關的死因研訊，科大生周梓樂、15 歲少女陳彥霖及示威者梁凌杰的死因研訊，分別於 2020 及 2021 年召開，幾宗案件均廣受關注。據記者觀察，本案的保安安排，似乎是 4 案中較嚴密的。

5 日聆訊期間，庭外都有數名便衣警員當值，安排研訊中作供的證人進出法庭。當中受傷警蘇敬祖作供後，由數名警員護送下乘搭升降機，有記者嘗試一同乘搭升降機，被便衣警以「security concern」（保安考慮）為由拒絕。蘇疑乘升降機直達法院停車場，乘搭拉上窗簾的七人車離開。其他市民證人，包括梁生前的兩名同事，亦被安排登上私家車離開法院。

這場看似毫無懸念的死因研訊，5 人陪審團一共聽取了 15 名證人的供詞，5 日聆訊合共問了兩條問題，到最後一天，退庭商議一個多小時，一致裁定梁死於自殺，未有提供建議，裁判官也沒有補充，僅感謝法庭各方協助。

死因裁判官隨即宣布退庭，陪審員退席，庭內人士徐徐離開，一場死因研訊安靜地結束。

記者 WWY

延伸閱讀：

梁健輝死因研訊

遺書稱警打傷市民、包庇罪犯

官關注讀遺書或成政治表述

第三章

走入編輯室 如何說好法庭故事

念念不忘，費煞思量；有時自豪，有時沮喪

2024.8.12

為法庭新聞「平反」

各位讀者：

最近一場新書分享會，有參加者問我們在 2022 年決定繼續做記者、繼續報道時，為何會選擇法庭新聞，而不是其他更為「搶眼」類別的新聞？

我們笑說首先要為法庭新聞「平反」。採訪法庭案件時，記者的確常處於被動——我們觀察和記錄庭上各方的表現，但我們沒權發言或提問。很多時法庭記者更需要「保持沉默」，為了尊重司法程序、公平審訊，即使知道與案相關的關鍵事情，都不能過早報道。

這種特質令法庭報道先天地比較單調，又因講究程序，更易讓讀者覺得乏味、繁瑣，除非爆出奇情、證人有精采作供，否則「搶眼球程度」的確不及其他種類的新聞，例如是追蹤不斷發酵議題、各方「有來有往」的港聞，甚至是「踢爆式」的調查報道。

不過法庭記者身處法院最前線，對牽涉人權、自由等基本權利的限制與保障的案件，以至司法制度能否及如何維護公義，有第一身的見證。

例如政府廢除「免針紙」、裁判官拒按被告提出撤銷交付程序報道限制、懲教署拒絕在囚或還押人士收取書籍的司法覆核案，以至「蔡玉玲查車牌案」、爭議政府事後檢控是否符合相稱性的「8.18 流水式集會案」，庭上爭議與法庭裁決往往對公眾的個人權利有切身影響，重要性較其他類別新聞不相伯仲，甚至有過之而無不及。

法庭記者的工作，就是及時地向大眾講述他們的自由和權利如何受到裁決影響，以及裁決背後的理據。（廣告時間：想了解法庭新聞的重要性，請看《法庭線》首本法律普及知識書《公民司法認知》中，由前輩劉進圖撰寫的推薦序，他由 1997 年之前的案件寫起，訴說法庭記者的工作。）

《法庭線》走過的兩年多時間，我們也不斷摸索法庭新聞的可能性，在近年首宗煽動刊物罪審訊的「羊村案」，我們寫了數千字的判詞解讀；在理大衝突三周年，我們從數以千計的法庭紀錄及新聞報道編製數據，重組各區衝突情況；有時亦「主動出擊」，例如就英國樞密院煽動罪案件的判詞，做了詳盡的專題報道。

法庭不是報道的終點。案件塵埃落定之後，我們關心被告如何走過漫長的程序，例如重審獲判襲警無罪的聽障青年傑仔與媽媽的專訪；我們亦訪問性罪行案的事主，嘗試探討法庭可以如何加強對易受傷害證人的保障。

參加者亦問起，隨國安、社運案減少，會否擔心越來越少人支持營運？

未來的事我們都說不準，在這兩年多，我們發現法庭新聞有很多可能性，仍有很多值得跟進的事、可開拓的空間，亦找到不少追求詳盡和深入法庭報道的讀者。

形勢使然，我們無法也無力計劃長遠，絕大部分時間都是「見步行步」，當然我們都不斷思考如何生存，例如花了不少氣力出書。在仍能報道的時候，無論是否搶眼，我們都努力做好眼前的事，因為只有好的報道才能爭取讀者支持，這樣想應該不會錯了。

《法庭線》編輯室

2022.7.18

為甚麼我們不報道？

各位讀者：

你們好！剛過去的一周非常忙碌，大案一單接一單，先後有上水清潔工疑遭掟磚誤殺案裁決、支聯會拒交資料案開審、12 港人棄保潛逃案答辯、反修例期間在荃灣中槍的「健仔」與另 3 人被緝捕歸案，以及索帶案終極上訴得直。

對於「健仔」曾志健與另外 3 男，被緝捕歸案一事，我們並未如其他傳媒跟進報道相關案情，以下是其中的一些考慮：

「健仔」等 4 人在 2022 年 7 月因涉棄保潛逃，被拘捕並押到法院提堂後，警方國安處會見傳媒，交代拘捕時情況、警方所掌握 4 人匿藏方式、調查方向及嫌疑人士等案情，又指控有涉案人「食人血饅頭」。傳媒大多具體報道，部分其後又引述消息，指警方認為一個 YouTube 頻道的相關人士涉案。

「健仔」等 4 人當日經法庭批出保釋，如棄保潛逃，被沒收保釋金之外，亦有可能被控「藐視法庭」、「不依期歸押」（同樣涉及潛逃的「12 港人」案，各被告更被控「妨礙司法公正」罪）。雖然現階段 4 人未有就潛逃被加控罪名，但各人早前已被控暴動及非法集結等罪，相關案件均已進入司法程序。

為公平審訊，傳媒一般在案件進入司法程序，只會具體報道法庭上發生的事，例如控方申請押後、法庭有否批准保釋，案件下一次提訊日期等等，至於被告的背景、其他涉案人士身分、與案情相關的細節等，除非法庭上控辯或法官提及，否則不會報道。

香港電台早年訂立的《節目製作人員守則》，則更為嚴謹，註明刑事案件由拘捕疑犯至裁決，屬於「審訊活躍期」，期間不可「播出圖像或評論，可影響到涉及審訊的人士（證人、法官、陪審員、律師和控辯雙方等等）」，否則可能導致藐視法庭。

警方的執法行動和部署，屬於公眾利益，公眾素來關注亦有權知悉，是故警方過去偵破大案，都會召開記者會交代，讓社會掌握最新調查及行動資訊。

但在「健仔」等人案件已進入司法程序的情況下，傳媒如經不同渠道獲得與他們有關的資料，而資料有機會影響對被告的觀感，即使與控罪沒有直接關係，亦未必適合詳作報道，因為這會令公眾在法庭相關審訊開始前，經由報道建立對事件的認知。

然而，這個認知來自未經法庭裁斷的事實，亦未必是事實的全部。公眾或仍能相信，獨立、專業的法官能夠不受報道影響，公正斷案，但誰能確保證人（如有）或陪審團（如有）能夠與法官一樣，不受影響地作供或作出裁決？

傳媒報道「健仔」等 4 人的遭遇，部分用上煽情字眼，在社會引發情緒，有人悲傷，有人疑惑，但在這些報道和情緒，以及是否有人「食人血饅頭」之前，更重要的、我們更應該關注的，是他們有否機會獲得公平審訊。

《法庭線》編輯室

「健仔」曾志健承認暴動及襲警罪，另與一同匿藏及協助匿藏的 4 名男子承認妨礙司法公正。在 2023 年 10 月，曾志健被判總刑期 47 個月的監禁。2025 年，再有一對男女涉嫌助「健仔」等人潛逃，被控妨礙司法公正。

2023.5.29

IG 圖字數多與少

各位讀者：

本周想跟大家分享，美術同事的工作日常。我們目前有一位全職設計師，每日處理約 12 至 13 篇報道的縮圖（thumbnail）。假設有一半稿同時要製作放在社交媒體的資訊圖片，同事每日便最少要設計約 20 張圖，還未計算其他專題報道，和「法律 101」圖輯……

每日 20 多張圖，與大型媒體相比，看似不多，但同事同時要兼顧「小編」工作，管理 Facebook、Instagram、X、Telegram 等社交平台。所以「除返開」，每張圖的製作時間相當緊逼。

對設計師來說，要經常在排山倒海的工作中尋找靈感，又要與時間競賽，可說是一大考驗。

話說回來，其實我們在籌組平台初期，礙於資源所限，曾經想過不聘用美術同事，「自己拼貼搞掂」。現在回想起來，實在太天真…… 除了高估自己的藝術天分，也大大低估了每日的稿量，以及連帶的編採行政工作。

撇開美感不談，一位美術同事用 5 分鐘能完成的工作，我們自己摸索、拼拼貼貼，可能要用上半小時（保守估計）。以這龜速進度，恐怕發稿時間會一再推遲。

最終決定聘請全職美術同事，還有另一重要原因。坊間當時不少人覺得「而家少咗好多法庭新聞」，而我們於「開台」前做過市場研究，發現法庭新聞其實沒有想像中那麼少，問題是這些報道都沒有在社交平台流傳。

這令我們意識到，籌組一個新平台，除了要有扎實的報道，亦要做好傳播，利用圖像設計協助解說，吸引讀者注意，把重要資訊傳送得更遠。而一張好的新聞製圖，標題放在左邊或右邊、字體大小、選用的主色配色等，全部都經過思考。

製圖絕對是一門高深學問，並非業餘人士「拼貼堆砌」就做到。

有朋友說很喜歡在 IG 看我們的報道，指能夠短時間內掌握到案件重點和大概的內容，不過也有朋友說 IG 資訊圖片的字數太多，不易閱讀，有時「手指一撥就飛過」，沒看內容。這些意見我們一一接受，也引發很多思考。

首先想說明一點，我們每日在 IG 刊出的報道，數量只佔每日報道總數的大約一半。這是因為放在 IG 的資訊圖片，尺寸較縮圖大，度字和設計等功夫較多。因人手有限，我們不可能每則報道都造資訊圖片，而事實上，亦不是每則報道的內容都足夠豐富這樣做。因此，如果只在 IG 看《法庭線》，每日都只會看到大約一半的報道。

我們現時依賴 FB 及 IG 發布報道，但之前與大家分享過，FB 不時更改「遊戲規則」，在不公開的演算法影響下，報道的觸及率強差人意。至於 IG，因不容許用戶 click 帖中的連結（只容許 story 中的連結，但以我們數據 click rate 亦不高），大大限制外部流向，而在 IG 着重圖像的介面中，如帖文有太多字亦不便閱讀。

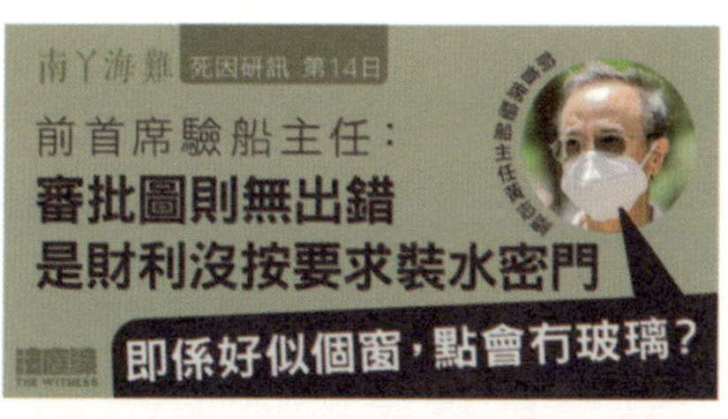

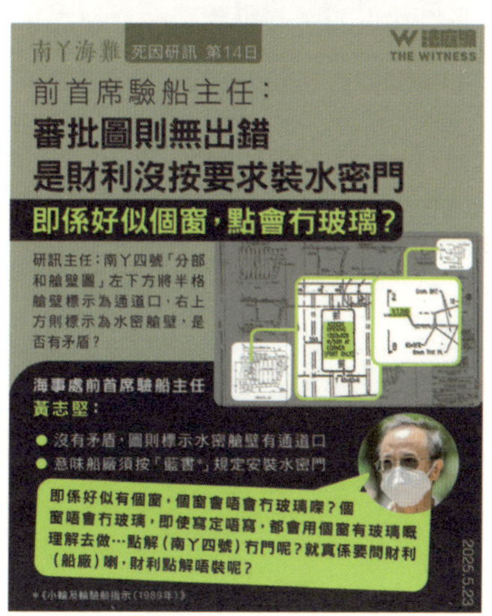

即使是同一則新聞，設計師也要按不同平台設計相應配圖，例如網站報道的縮圖（上）或 IG 的資訊圖片（下）。

FB 與 IG 的母公司 Meta，2023 年 3 月就加拿大推動 Online News Act 立法表述反對立場時，明言用戶使用該兩個平台不是為了收看新聞，而是為了分享他們生活、情感的事物等，更攤出數據 —— 新聞報道連結的分享在人們 FB feed 中僅佔少於 3%。

這「少於 3%」是否演算法影響下的結果，或許難以釐清，但 Meta 指出的情況確實值得思考 —— 會不會大家本來用 FB 和 IG，主要目的都不是想看新聞？正如朋友所言，看到圖字太多，索性「飛過」。

FB 和 IG 應該不是為方便閱讀新聞而發展出來，Meta 作為營運社交媒體的跨國巨企，固然有重要的社會責任，但其對新聞內容有商業營運上的看法，亦無可厚非（當然如屬新聞甚至言論審查，是另一重大議題）。

但網媒刻下面對的問題是，如果不是 FB、IG，我們有沒有其他可行的選擇呢？這方面，有些讀者行得較前，重拾以 RSS 方式接收網站新聞報道，亦有讀者「棄字取聲」，改以 Spotify 等平台「聽」新聞。大家又以甚麼方式讀新聞呢？不妨與我們分享，集思廣益。

《法庭線》編輯室

2023.10.30

一圖讀得懂？

各位讀者：

「你哋有咩方法畀讀者用最快方式睇新聞？」一位修讀教育文憑的老師問。我早前有機會到他們的課堂，分享新聞媒體的日常操作。這些老師及準老師日後要教導學生「資訊素養」，若知道新聞是如何製作，對他們教學可能有幫助。

我回答，我們會以資訊圖片、影片、Podcast，以及簡短文字等方式，將新聞重點傳遞給讀者，「即係將新聞資訊變成唔同形狀，畀讀者以自己慣用方式接收。」

但我同時強調，在社交媒體上的新聞資訊，都是不完整的。

以資訊圖片為例，大家可能都知道，Instagram 每則帖文最多只可有 10 張圖片（2024 年增至最多 20 張）；大家可以想像，一篇數千字的專題報道，怎可能用 10 張圖片交代到完整內容？又例如我們的文字報道，常常輔以資料表交代細節，但這些清晰、有條理、方便閱讀的功能，社媒並不支援。

又例如 IG 的 reels，將短片時間限制於最長 60 秒。我早前看到《美聯社》用一段 reels 講述以色列哈馬斯戰爭的數十年歷史背景，畫面與字跳得很快，資訊密集、難以消化，看畢可能只會有依稀印象；更何況受時間所限，不少重要事件本來已沒法放入片中。

有朋友說，這與社媒規則、演算法無關，是每個人的注意力都有時限所致，即 attention span 的問題。我既同意又不同意，社媒演算法應該有考慮用家的注意力時間，所以加強推播短片引發用家的興趣，延長使用時間。但大眾的注意力時間真的只有一分鐘嗎？

另一位朋友說，現時不少人反而想看長片，她說 YouTube 上受歡迎頻道的節目，很多時長 20 至 30 分鐘，所以只要讀者對主題、議題感興趣，注意力時間似乎不會太短。（這也引發另一思考，讀者使用社媒與 YouTube 時，目的會否本來就不一樣？）

回到我與老師們的那次分享，我說讀者有不同方式「睇新聞」，但希望不要養成在社媒上看過簡短文字、一張或幾張圖片就是「睇完新聞」的觀念，因為那些載有不完整資訊的文字、圖片，是媒體在社媒遊戲規則下的製作，旨在非常簡單、扼要地「畀讀者用最快方式睇新聞」。

香港生活節奏急速，莫說新聞，就連食飯、休息，見朋友的時間都有限，所以我很明白那位老師的發問。不過我們仍會努力寫出詳盡的報道，讓大家走出社媒時可細讀；尤其專題報道，希望能讓關心議題的讀者增長知識、引發思考。

例如我們近日刊出了英國樞密院最新判詞的專題報道，這份判詞指出煽動暴力或動亂是煽動定罪的「隱含必要條件」，對香港雖然沒約束力，但有沒有潛在影響？專題共 3 篇文章，我們在社媒只寫了簡介。誠邀各位進入網站閱讀全文，了解樞密院的理據，陳文敏、黃啟暘和江樂士的具體看法，以及我們就香港已審結煽動案的詳細分析。

信熙

人民力量前副主席「快必」譚得志被指 2020 年擺街站時發表「黑警死全家」、「光時」等言論，被裁定 11 項《刑事罪行條例》下的煽動罪成（舊煽動罪），判囚 40 個月。他就定罪上訴至終審法院，在 2025 年 3 月被終院 5 名法官一致駁回。就譚得志一方引述英國樞密院千里達煽動罪判例，指裁定煽暴或動亂意圖是定罪的「隱含必要條件」，終院判詞指，千里達的《1920 年煽動法令》與香港《刑事罪行條例》有重大差異，本港的煽動罪在早年立法時已不再是普通法罪行，認為樞密院在判詞的附帶意見，「對本案上訴人的案情支持作用有限」。

延伸閱讀：

英樞密院最新裁定煽動定罪

須證煽暴力或動亂意圖

據悉快必案團隊呈上訴庭考慮

2022.8.14

一人影像部

各位讀者：

《法庭線》踏入運作第三個月作了一個全新嘗試，推出首個「影像法庭新聞報道」，扼要交代兩名青少年於上水暴動案的判刑重點，以及17日審訊焦點，有興趣可以到《法庭線》YouTube頻道重溫。

踏出這一步前，我們都經過一番掙扎和討論。一方面，需評估有多少人有興趣看影像新聞。雖然過去幾個月，都聽過不少朋友反映，「唔係太想睇字」、「法庭新聞比較難消化」⋯⋯ 但這個觀眾群究竟有多大？KOL拍片分析新聞看來受眾不少，變成平實的影像新聞，大家又會感興趣嗎？

另一關注，非常實際，就是我們有沒有足夠資源發展影像新聞。相比起電視台，我們沒有專業的攝影師、剪接師、動畫師，更沒有新聞檔案資料庫。製作一條5分鐘新聞片，要靠年輕同事一手一腳拍攝、寫稿、「做聲」(錄製旁白)、剪接和後製，所需時間自然更長。這種「one-man band」的營運方式，雖然越來越普及，但放在一個即時新聞平台，是否符合成本效益？

與此同時，平台運作 3 個月以來，我們經常反思，如何可擴大觀眾群，接觸不同層面的讀者，更有效傳播資訊。正如我們早前於另一篇手記跟大家分享，坊間的法庭報道，其實沒大家想像中那麼少，問題是傳播的效果。

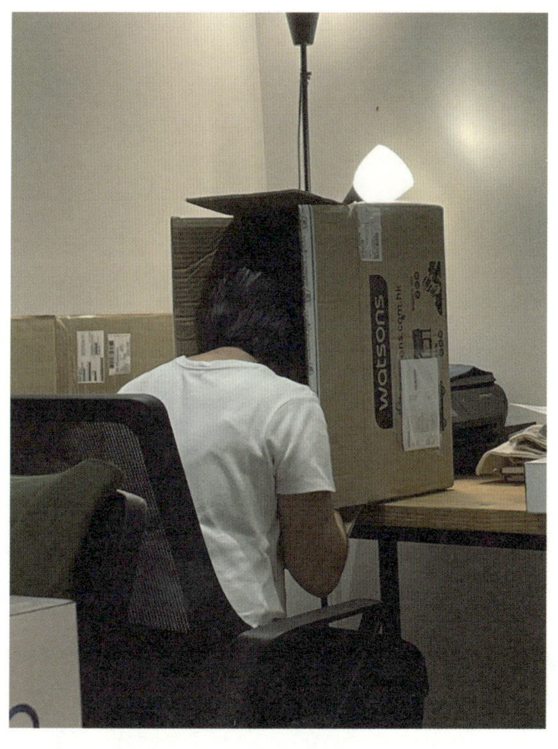

辦公室空間有限，年輕同事唯有發揮創意自製「山寨」隔音設備。

現時我們主要靠網站、社交平台推文，全賴大家支持，各平台追蹤人數的增幅，都比我們預期理想。但若想進一步擴闊觀眾群，似乎也是時候開拓新的傳播途徑。就這樣來來回回、腦內交戰，最後決定放膽一試，善用新媒體的可塑性，看看反應再調整。

《法庭線》影像部（現時嚴格來說只得一人）將陸續製作更多不同類型的影片，大家如有任何意見，歡迎與我們分享。

《法庭線》編輯室

延伸影片：

上水清潔工疑遭磚擊斃案
兩暴動罪成青少年同判囚 5 年半

2023.9.25

記者開咪 Podcast 登場

各位讀者：

醞釀了數月，《法庭線》Podcast「法生咩事」及「一周法庭線報」上周正式登場！這想法自《法庭線》成立臨近一周年，編輯室在思考第二年計劃時，早已放在清單上。

那為何擾攘多時才面世呢？或者我們嘗試帶大家進入小編的思路。

過往一年的經驗讓我們領會到，受眾吸收資訊的方式各有不同，有人喜歡看字、有人喜歡看圖；有人覺得實時萬字文才夠原汁原味、有人只想概括掌握案件重點。另一邊廂，我們 2022 年也跟大家分享過，有訂戶反映「唔鍾意睇咁多字」，我們因而開拓了影像報道。

自影像報道推出以來，效果確實不錯，特別是遇到適合的時機及題材，就如前「賢學思政」召集人王逸戰出獄，與父母相擁落淚一幕，影像所帶來的現場感，勝過千言萬語。

不過，以影像方式報道法庭新聞也有不少掣肘。其中一點，是庭內審訊一律不准錄音錄影，而《法庭線》成立僅僅一年多，資料片庫存極度緊絀。故此，一段三數分鐘的新聞報道，我們往往要花上不少時間後製畫面、填補空白。

話雖如此，影像報道絕對值得保留，但能否恆常做又是另一回事。以《法庭線》目前人手計，莫說一日一片，一星期一片都有難度。那如果我們改一改方式，透過聲音傳遞法庭資訊，有冇得諗呢？

事實上，同行友好《集誌社》一早做了良好示範，讓我們借鏡。他們成立不久已鎖定目標推廣 Podcast，推出剖析每周焦點時事的「聚焦一周」，以及分享採訪背後故事的「集誌背後」。

套用在法庭新聞，又應該採取甚麼方向呢？聽眾會期望內容有多深入？齋讀 OK ？抑或要重新整理，或邀請嘉賓訪談？節目應該多久出一集？每集又應該有多長？ 5 分鐘會否太短？ 20 分鐘以上會否吃不消？另外，錄 Podcast 應該用甚麼語氣及語速？面對較為沉重的法庭新聞，如何能保持「傾偈」的感覺而不失莊重？

另一個考量，又回到人手問題。參考其他平台經驗，Podcast 頗着重培養聽眾收聽習慣，所以決定了推出，就要定期更新。我們真的應付得來嗎？

過去數月，小編翻來覆去思考，都找不到標準答案。似乎跟「人生」一樣，推 Podcast 都「永遠不會有完全準備好的一刻」。那麼與其紙上談兵，不如邊做邊試？

適逢在 2023 年 7 月上訴庭裁定南丫海難家屬勝訴、批准召開死因研訊，近期有「呂世瑜國安案」終極裁決，訂明《國安法》下認罪不一定能獲全數扣減。這些都是很好的切入點，就試試水溫吧。

就這樣，我們在過去一個多月不定期試推 Podcast，測試再調整，最終「催生」了兩個節目：

「法生咩事」：特備節目，拆解重要社會案件，剖析判詞，不定期更新

「一周法庭線報」：整合每周重點法庭新聞，每周一集

Podcast 推出後，我們收到不少聽眾意見，跟大家分享部分留言：

「這形式有助 閱讀困難的我知更多」

「如果有多 d 相 / 資料片段輔助解說會更加好」

「謝謝你們的整理，這樣會更容易明白」

「內容鋪陳用心，將複雜的法律問題娓娓道來，讓沒有法律背景的人如我都聽得明白。」

「主持人係咪有啲唔舒服？工作還工作，要保重呀！」

非常感謝大家的意見和鼓勵（還有慰問！），尤其看到有讀者稱這種形式，有助他們更容易消化內容，對我們來說就是最好的回報。

想起最近跟幾位都是經營小型媒體的朋友交流，其中一位發起人有感而發，指即使平台上了軌道，也暫時無意擴充。原因之一，是想保留小媒體的靈活性。他大意提到，小媒體的生存之道，就是要不斷求變。鑑於小型媒體比傳統媒體架構精簡，亦較容易試驗新事物。始終科技日新月異，讀者接收資訊的方式不斷在變，媒體營運方式也與科技環環相扣。若小媒體固步自封，就很容易被淘汰。期望我們也能時刻自省，好好發揮。

最後賣多次廣告：《法庭線》Podcast 已經登陸 YouTube、Spotify 同 Apple Podcasts，誠邀大家 follow，隨時收聽最新集數！

《法庭線》編輯室

延伸 podcast：
《法庭線》Podcast 專頁

2022.11.20

理大衝突
數據分析專題背後

各位讀者：

《法庭線》最近刊出〈理大衝突 3 年案件數據分析〉專題報道。2019 年 11 月持續多日的理大衝突，是反修例運動中，被捕人數較多、衝突規模較大的重要事件，當時衝突由校園延伸至油尖旺一帶，數以百計的人在不同地區被捕。

在 3 年之間，多宗案件每日在法院審理。人手所限，記者只能報道部分案件的審訊，由於多案同時進行，資訊極為零碎，一時「理大校園內外」，一時「暢運道」，還有「科學館」、「加士居道」、「咸美頓街」等等，同一地點亦分拆多案，編輯室有時也要靠案件編號才能識別案件。對讀者而言，極零碎的案件資訊難以消化，甚至造成混淆。

記者提出，透過整合案件資訊與數據，回顧各區衝突的情況，以至探討整體案件進度。這個主意很好，能夠提煉出一些具體數字，讓讀者簡易地了解衝突規模，以及事件的後續發展進度，但涉及大量功夫，對《法庭線》而言是一大挑戰。

記者充滿幹勁，花了超過一個月時間，爬梳過去 3 年的法庭紀錄及新聞報道，收集被告姓名、控罪、涉及地點、裁決，以至法官判詞等資料，編製案件數據庫，歸納出 6 個主要衝突地區，截至 2022 年 11 月 11 日共有 417 人被起訴，當中逾 75% 人主要控罪為暴動。

有了數據後，記者與設計師反覆思考圖像及影片的呈現方式：如何將最重要的資訊，以最簡單、有趣的方法告訴讀者？為了突出 6 個主要衝突地區，設計師運用地圖工具重塑衝突熱點；記者在影片中沿用地圖，並加入手寫手畫的元素，生動地講解數據分析的重要發現。

這些功夫，最後變成一篇超過 6,000 字的文字報道、10 張資訊圖片，以及一段時長近 9 分鐘的影片。

理大衝突涉及人數眾多，衝突現場的畫面歷歷在目，社會的震撼與傷痛延續至今。3 年過去，相關案件的進展、法庭就案情作出的裁斷，以至審訊時重要證人的口供，仍受公眾廣泛關注。專題刊出後，有不少讀者迴響。

《法庭線》對上一次刊出數據分析報道，已經是 2022 年 6 月的〈612 衝突 3 年〉專題報道。每次整合及消化案件數據，都花上同事不少心血和時間，可說是《法庭線》一次又一次的「壓力測試」。整理數據後，如何以圖像、影片等方式，令讀者更容易消化複雜資料，又是另一學問。也許每次都會有美中不足的地方，我們會繼續努力，在實踐中不斷改善學習，期望下次做得更好。

《法庭線》編輯室

延伸影片：

理大衝突 3 年案件數據分析專題報道

2023.12.18

首獲新聞獎
努力記錄時代

各位讀者：

剛過去的星期六（2023年12月16日），對《法庭線》而言別具意義，我們有3位記者，憑〈理大衝突3年案件數據分析〉專題報道，奪得第十一屆中大新聞獎「最佳視像新聞」組別的優異獎。這次是我們自2022年5月運作以來，首次獲得新聞獎項。

2019年理大衝突，是反修例運動中，對抗程度最激烈的事件之一。但無論政府抑或民間，對於理大衝突的公開資料和紀錄均非常有限，大眾只能從警方公布的被捕人數，了解衝突規模。

《法庭線》在理大衝突三周年，製作〈理大衝突案件數據分析〉報道，爬梳數以千計的法庭紀錄及新聞報道，整理出400多個被告的姓名、控罪、案情涉及的地點，並找出裁決、法官判詞等資料，編製案件數據，然後以理大內外、油麻地、佐敦、尖沙咀等6個主要衝突地區為基礎，重組一連多天的衝突情況，並追蹤進度。

我們亦持續跟進，最近刊出〈理大衝突4年案件數據分析〉，繼續嘗試有系統地整合分析案件進度及結果。

在此跟大家分享得獎記者的台上感言：

「多謝大會和評審選擇頒這個獎給我們

多謝無論今天在場，或不在場的每一位前輩

提醒過我們、教過我們的前輩

我們知道我們的作品還有很多進步空間

或許若不在這時空，我們未必可拿到這個獎

但亦因為在這時空，這個獎對我們來說特別有意思

也很開心可以和各位朋友、前同事、同事一起獲獎

我小時候想做記者，真的想改變世界

長大後覺得改變不了世界也不要緊

至少可以一起『搭橋』、一起『鋪路』

讓後來的人可以輕鬆點、快點過對面岸就夠了

來到今天，我覺得所有東西都不重要了

最重要的是，我想為這裡

留下一些真實發生過、存在過的痕跡

這樣就已經足夠了，就是好好記錄

剛才其他（獲獎）朋友說到

可能在這時勢很多東西都忘記了、磨滅了

或者我們好像不斷被人刪除記憶

但不好意思，我們還是會繼續記錄的

還會超級努力地做、盡全力地做

例如凌晨回公司工作 …… 去追回一些時間

無論在哪一個崗位，或者哪一個陣地

都希望我們可以守着我們的專業

在不同崗位、不同範疇，守着新聞這陣地

有甚麼就一起勇敢面對吧

我們會繼續努力，謝謝」

我們坐在台下，看到幾位年輕記者在台上發光發亮，心裡有說不出的感動。

事實上，以我們目前人手，要整合龐大數據及製作近 9 分鐘的影像故事，毫不容易。單是理大衝突，牽涉 300 多宗檢控，同事一方面需記錄及分析每宗案件的進度、涉及的地點、控罪、裁決及判刑；另一方面，要思考如何透過影像、美術元素，令平面的數據更易入口。全靠幾位同事花了無數私人時間、數不盡的通宵，才能於有限時間及資源下完成這個專題報道。

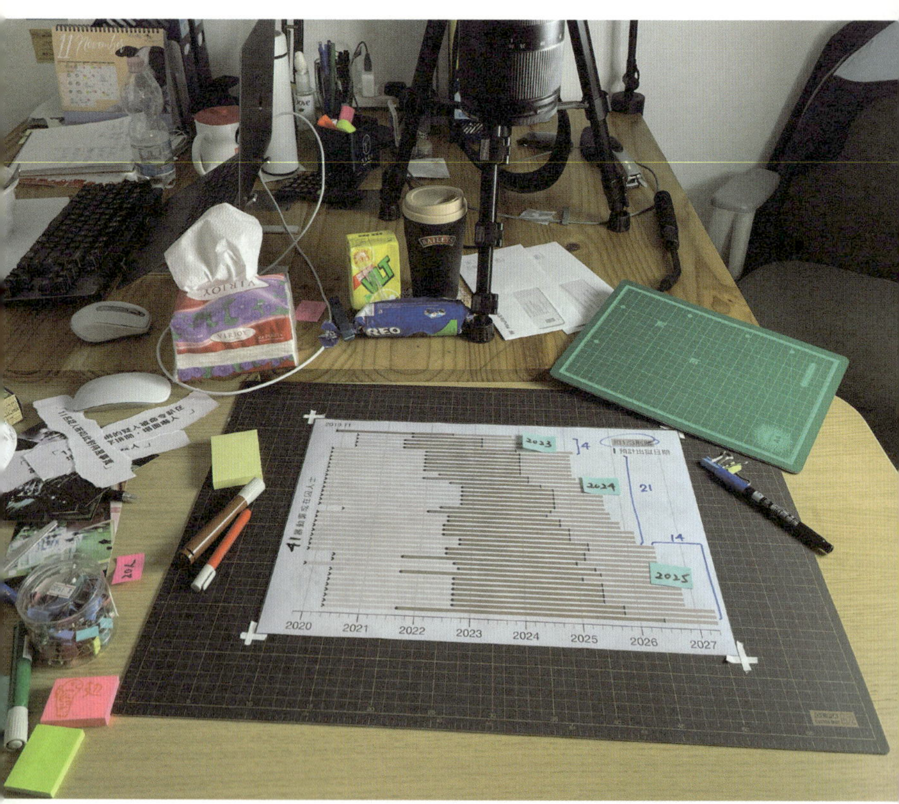

記者除了整理大量數據，亦以圖表、配合手寫資料製作影片，助觀眾理解。

謝謝幾位的努力，亦要感謝中大新聞獎及評審，在這風高浪急的時代，對《法庭線》給予肯定，為我們這個成立僅一年半的新媒體注入強心針。

最後，編輯想說 …… 同事的得獎感言，我們大部分都非常同意，唯獨「凌晨回公司工作」那句，我們是強烈不建議的！

《法庭線》編輯室

延伸閱讀：

理大衝突 4 年｜逾七成暴動案審結
大部分油麻地衝突被告
因黑衣或防護裝備定罪

2025.2.11

推翻暴動罪的關鍵畫面

各位讀者：

2025 年 2 月有一宗反修例暴動上訴案，上訴庭裁定案發時 20 歲的學生被告得直，撤銷他的定罪。他 2019 年 11 月 18 日晚上在佐敦被捕，經審訊被定罪、判囚 50 個月，在上訴成功之前已服刑大約 28 個月。

反修例至今超過 5 年，我們一直有統計暴動案的數據。截至 2024 年 6 月定罪率達到 89%，可說非常高；而截至本案上訴得直前，仍未有被指為示威者的被告上訴成功、推翻定罪，今次這位學生被告乃第一人（白衣人案有一人上訴成功，但控方指他為白衣人而非示威者）。

我們細讀上訴庭的判詞，原來今次上訴成功，與拘捕警員的庭上供詞有關。

判詞說，警員供稱被告是最後一人跑入甘肅街，由他獨自一人制服與拘捕。不過呈堂的新聞片段顯示，有數名警員在甘肅街卓悅店外的地上制服黑衣者。判詞又指，警員供詞與片段「似乎存有不能磨合的根本差異」，而原審法官沒處理這疑點，所以裁定被告上訴得直。

香港電台直播片段。記者比對街景相片發現並非甘肅街。

法庭新聞常撮寫判詞的重點，但讀者缺乏呈堂資料，有時難以消化，似明非明。例如這案，卓悅店其實在甘肅街的哪處？位置與警員所說「最後一人跑入甘肅街」有甚麼關聯？為了呈現這些難以憑文字完整交代的細節，我們花了大半天在網上找尋呈堂的 3 個媒體片段。

Google 街景圖

其中，無綫與《蘋果》的直播片段已找不到原片（但找到《蘋果》的備份片段）。港台的直播則仍有原片，但我們發現似乎只有在短短數秒拍到甘肅街，而涉案差不多時間有幾個近鏡拍到有警員制服被捕人，惟難以判斷是否在甘肅街。

我們沒因此放棄，憑少數的街景特徵，例如燈柱、棚架盡量辨認港台攝影師的位置（上述兩圖的顏色圖點是設計師用Google街景相片比對港台片段，然後標記相同的燈柱等），最後確定港台的幾個近鏡都不是甘肅街的情況，即與上訴無關。

唯一能顯示卓悅店外情況的，只有《蘋果》的備份片段，但由於是從頗遠處拍攝，影像非常模糊（見下圖）。別無他選下，我們最後將這片段的截圖加入報道之中。

《蘋果日報》直播截圖

為何要大費周章，尋找涉案一刻的畫面？

因為呈堂片段是翻案的關鍵證據，一圖勝過千言萬語。這張截圖，顯示卓悅店當時是在甘肅街街口（該舖位現已不是卓悅），而涉案一刻，大批警員已控制了街口，所以在卓悅外面被制服的人，應該就是最後進入甘肅街的人。

上訴庭就是認為，在卓悅店外被捕的如果是被告，畫面顯示他被數警制服及拘捕（左圖黃圈），即與警員供稱由他單獨制服和拘捕不符；而如果店外的不是被告，即是在其身後有另一人在近街口被捕，那就會與警員指被告是最後一人不符。無論是何者，畫面都與警員的證供有差異。

但警員的證供有疑點，不一定代表定罪不妥。上訴庭是指，原審沒解釋在片段顯示警員證供有差異的情況下，為何仍覺得沒影響其證供的可信性，才會導致定罪不穩妥。

這案是很好的例子，說明即使法庭已明確指出警員的證供有疑點，呈堂片段的畫面仍有新聞價值及報道需要，因為縱然我們相信法庭已謹慎審視證據，確立有疑點，但這個疑點是大是小、如何形成，都會影響大眾對法庭裁決的理解，以至對司法制度的信心。

在一方面，上訴庭接納被告方指出的疑點，推翻其定罪，糾正了錯誤裁決，但另一方面，他已服逾半刑期，原審沒處理這個疑點，是否一時疏忽？有了判詞與截圖，大眾就有更完整的資料，嘗試自行判斷。

在 721 非白衣人案，法官陳廣池將呈堂片段的截圖放進判詞，稱能支持裁決。這個做法我們都認同（在他的判詞之前，我們已花了很多心力，將該案呈堂片段的截圖放進報道），如果上訴庭都能這樣做，傳媒就能在報道引用更多資料，讀者亦會更易理解法庭的裁決了。

《法庭線》編輯室

延伸閱讀：

反修例首名被指示威者暴動上訴得直

11.18 佐敦被捕

上訴庭批原審定罪不穩妥

2024.1.15

香港首次
法庭聆訊直播

各位讀者：

在 2024 年 1 月，司法機構在女同志被撤法援終院上訴案，首次試行網上直播法庭聆訊，在終院網站設置連結，讓公眾瀏覽。直播聆訊一方面推進司法公開；另一方面，長遠可能改變法庭記者的角色，以及編輯室的運作。

記者現時在聽審時，花很多精力抄寫與訟方及法官的說話，而有些個別情況，例如雙方陳詞太快、陳詞時提及某些案例和原則等，記者難以百分百理解及筆錄，以致在報道時或有錯漏。

例如同月有關《香港 01》母企創辦人于品海，被入稟呈請破產的報道，大多數傳媒起初都出錯，誤指官將案件押後至 2024 年 2 月 19 日再訊；及後經向與訟方查證，原來法官是指 2 月 19 日前呈交文件，並未定下聆訊日期，我們與行家馬上更正。

這事點出了法庭記者的困難 —— 我們在聆訊階段，很多時只能依賴庭上筆記作報道，沒有官方的紀錄可以參照，較壞的情況是報道出錯；而有時為免出錯，有些明明聽到但不肯定的地方，因無法求證都不會寫進報道，並不理想。

有人可能會說，大可留待法官頒下判詞後再作詳細報道。但一些關乎公眾利益的案件，社會渴望及時知道與訟方的論點，例如政府引用《緊急法》、律政司如何爭拗《願榮光歸香港》禁制令的理據等等，詳盡剖析判詞固然有需要，但如待有判詞才作報道無疑是失去時效。

另一點，是司法過程須彰顯於人前。聆訊過程中，法官和與訟方的互動、提出的補充及質疑，對案中證據的處理，都屬於過程一部分，判詞未必囊括，所以即使法官最後會頒下判詞，聆訊的過程有極大的報道價值。

直播聆訊至少兩方面有益於法庭記者的工作。第一，當記者現場錯過論點，可重聽釐清，亦可由另一位記者聽直播作補充，令報道更準確、全面。第二，當抄寫的負擔減輕，記者可更深入報道聆訊情況，例如更多現場觀察、案例的解釋，讓公眾能更透徹了解案件。

司法機構選定的第二宗試行直播案件，是同月進行聆訊的土地法案件「Dorona Company Limited v. 荃錦中心業主立案法團」案。希望法庭能持續推進聆訊直播，考慮擴展至其他級別法院，以至刑事案件，讓公眾更貼近聆訊，記者可更全面準確地報道。

《法庭線》編輯室

延伸閱讀：

女同志被撤法援案終院上訴聆訊
首設直播
司法機構：近一萬人次瀏覽

2024.6.4

47 人案裁決日
法庭內外

各位讀者：

民主派初選 47 人案在 2024 年 5 月底裁決當天，我們派出超過 10 名記者在西九龍法院現場採訪，另有 4 人在編輯室支援。今期手記分享當天一些小插曲，讓大家了解新聞背後的製作過程。

裁決日的採訪不容有失，由力保正庭記者席開始。由於在正庭能看到法官、控辯、被告及旁聽親友等各方表現和反應，憑第一身觀察作報道，所以傳媒都爭取留位，連日以紙張貼在法院的鐵欄，並擺放膠凳等方式「排隊」輪候記者席。

正庭記者席有 30 個，我們在隊伍中排第二，十拿九穩，但亦不敢鬆懈，我們的記者前一晚深夜在法院外採訪公眾排隊，竟發現有某間傳媒的人，趁行家不在場移走對方的膠凳。我們的記者抱不平反遭責罵，結果為了力保正庭記者席，她整晚留在法院外守候。

法院外一大焦點，是 10 位准保釋被告抵達 —— 由於他們有機會被裁定罪成而還押，所以當天早上可能是他們面對長時間刑期之前，最後一次公開露面。我們事前部署已知道，要盡力拍攝到 10 人的相片，卻事與願違。

早上接近 9 時，社民連準備示威，迅即遭警員阻止，數名成員其後被帶入法院範圍，由於該處禁止拍攝，傳媒無法採訪，而被告之一的柯耀林於 9 時 2 分抵達，他在混亂間快步進入了法院，在場數十名記者來不及反應或沒留意，結果全行都沒有拍到柯的正面或側面相片。

最後一段小插曲，是編輯室早上的網速突然大減，除了網站一度因流量增加而無法連接，我們處理同事現場採訪的相片、影片時下載極慢，而且 Meta 平台亦極不穩定，令我們發帖、更新非常不流暢。幸好事前曾預計類似情況，我們按計劃改用 Telegram 發放實時報道。

有別於突發新聞，靜態新聞講求預測和部署。今次有比較充足時間準備，縱使部分計劃被打亂，很多事前的準備最後都能夠達成。例如法院外排隊的公眾，我們的記者訪問到幾位被告親友，有因聽障而無法聽審的市民都特意前來。

我們首次選用 YouTube 平台做直播，預定的幾次直播全部順利完成，將最新裁決內容、理據第一時間報道給大眾，最高一次直播錄得 4 萬多次觀看，反應超出預期。事後回想，若當初選用 Facebook 做直播的話，當天可能早已因為平台不穩定而失敗。

即日刊出的判詞速讀，我們知道公眾渴望盡快知道詳情，但人手有限，所以事前已構思用列點方式報道16人的裁決理據重點，分批上載。當天由3位記者分工合作，盡快消化及撮寫，經編輯、美術製作資訊圖片；實行時發現工作量比想像大，最後趕及在凌晨前完成。

還有被告入座等候裁決、裁決結果連同初選得票、《國安法》後首次有被告無罪、律政司引新例對無罪被告擬提出上訴；這4張資訊圖片，都是事前構思而成功做到的，內容都是源於資料搜集與預測。

不得不提的，還有裁決日前的整合，控罪分析、案情整合及裁決焦點3篇文字報道，兩段長約15分鐘的影片，講述案情與10名作供被告的理念與初衷，還有時序專頁，以及從多天審訊中揀選的被告相片，組成審逾百天跨越冬夏的圖輯。

47人案是極為重要的法庭新聞，雖然是小型媒體，我們盡力構思、部署與實行，付出了很大努力採訪和報道。感激你們的信任和支持，希望透過這些報道，讓你們知道所花的每一分毫，我們都有善用，投放在重要案件的採訪，投放在維持團隊、培育記者。

這宗案件，法官頒下逾300頁的判詞，很多細節值得報道。裁決之後，焦點將在求情、判刑，我們都會繼續緊貼報道。

此外，攝影記者 Nasha Chan 2023 年 9 月為我們採訪李卓人被押送至終院，就示威違限聚令案申請終極上訴許可一案，他拍攝到懲教人員在囚車與隧道中間，掛起窗簾布的一刻，相片日前在「前線・焦點 2023」新聞攝影比賽，奪得一般新聞組的優異獎。

2023 年 9 月，李卓人由囚車押送到終院，懲教人員除了用充氣隧道，亦使用灰色窗簾布遮蓋囚車出入通道。

法庭新聞有不少部分需用鏡頭記錄。資源所限，我們現時由文字記者兼顧攝影，並特約聘用專職攝影記者幫助。這次是我們首次獲得攝影新聞獎，與大家分享，衷心感謝你們支持。

《法庭線》編輯室

延伸閱讀：

47 人案裁決判詞速讀｜

2 人無罪　14 人罪成

16 名被告裁決理據一覽

2024.11.25

47 人案判刑一刻
數據背後故事

各位讀者：

在 2024 年 11 月 19 日，民主派初選 47 人案完成了判刑，這案件大家都很關注，渴望第一時間掌握最新消息，今期手記與大家略談我們事前如何部署。

法庭預計判刑需時一天，但我們事前不知道法官宣布判決的方式，例如是直接讀出 45 位被告的判刑，抑或就每位被告簡述判刑理由再讀出刑期，又或者會不會直接派發書面判詞而不在庭上讀出內容。

這一點影響我們如何盡快報道讀者最關注的最終刑期數字。在以資訊圖片為先的 Instagram 與 Facebook，我們如果逐張圖交代共 45 人的刑期，數量會太多而且太零碎；用一張圖交代數位被告的刑期是較可行，但由於法官宣判的次序不明，例如是按被告編號宣讀抑或按角色重要性的次序宣讀，這都可能令我們預先製作的底圖未必用得上，速度會大打折扣。

幾經思考，我們決定改用文字不斷更新的方式速報，以一張「判刑結果即時更新」的圖片，然後在 post 的文字描述更新 45 人的刑期數字，這樣做既能顧及速度，又不會一下子發出大量資訊零碎的圖片，讀者只需關注一個 post，即可知道所有被告的刑期。

但在 IG/FB 上，將刑期資訊放在圖中始終是較好的傳播方式，所以我們在知道所有被告的最終刑期之後，製作另一張「判刑一覽」圖片，讓讀者更易快速接收及傳播。

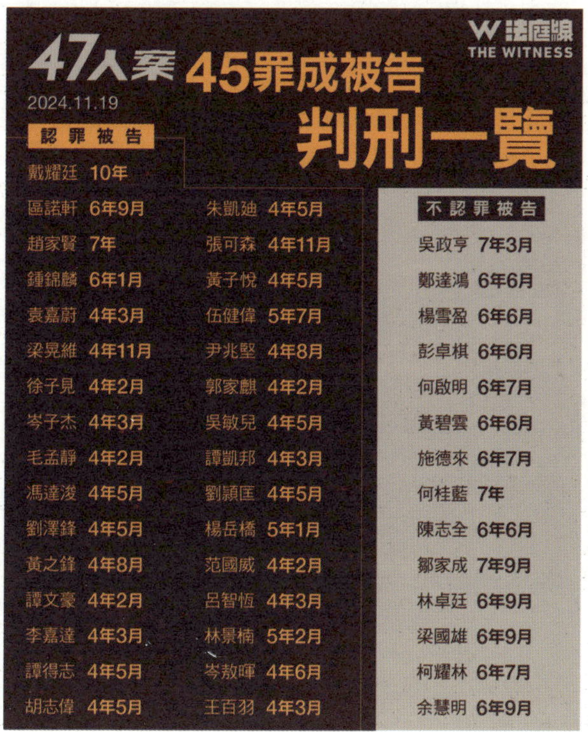

在刑期數字背後，我們知道進一步的焦點是法官有何考量，主要反映在量刑起點和減刑幅度，而這兩部分的數字需透過比較才能更易明白。

例如戴耀廷的量刑起點是判囚 15 年，獲認罪減刑三分之一即 5 年後，最終判囚 10 年。單看他一人的判刑，可能已有刑責很重的感覺，但他的刑責比其他人重幾多，減刑比起其他人是多抑或少，差距又是多少，都要靠比較才能呈現。

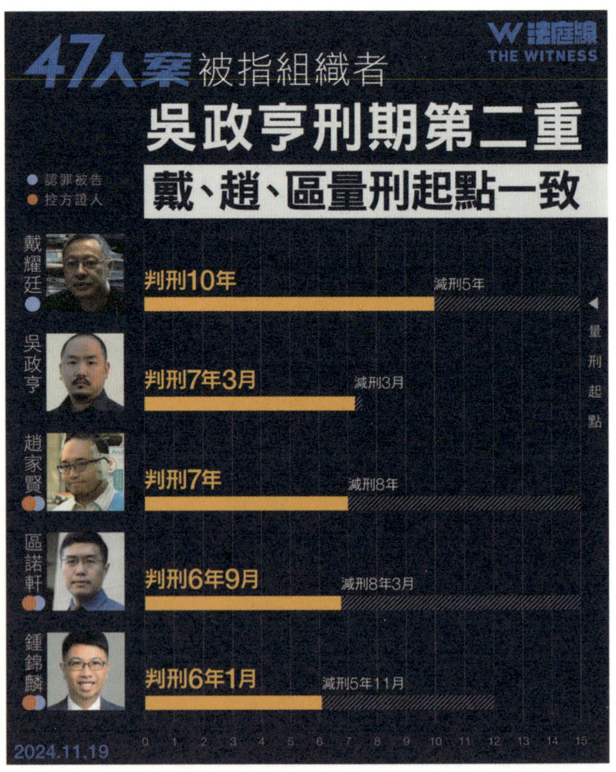

我們事前構思以棒形圖展示刑期的數據，在一張圖將同一組被告的最終刑期、量刑起點和減刑幅度並列，讓讀者容易透過比較，掌握法官是如何計算各人的刑期。

為了及時製作這張圖，我們的記者要快速和準確地在判詞中抽出刑期計算的數字，輸入到資料表，再由美術同事轉為精緻易明的圖表。製圖也有不少功夫，例如我們直至判刑日才知道最長的量刑起點是 15 年，要快速地訂出棒形圖的區間，然後按比例尺標示，有些較細的數字例如 2 個月，肉眼可能看不出，但背後花了很大心思確保比例準確。

我們也運用同事快速整理的數據，以及事前盡力搜尋的被告案底、另案刑期數據，推算全部 45 人的最早獲釋日子，最後趕及在晚上刊出，成為了我們報道的一大焦點。

判刑的同一天，我們的記者亦同樣專注法院現場的採訪，包括被告親友的回應、排隊旁聽的情況。我們也進行兩次現場直播，其中一段逾 16 萬人次收看，也有兩段影像報道，一段是法院外現場情況，另一段是載有被告角色、刑期及預計獲釋日子的影片。

後續數天，我們就法官在判詞提及相信當局會考慮部分被告的獄中減刑，以及與內地顛覆案件比較，作跟進報道，亦錄製了一集「法生咩事」。至之後的周日，我們刊出了吳政亨的專訪。

同一個星期，另外兩宗重要案件都進入關鍵階段，在黎智英案，黎開始出庭作供，是辯方案情最重要的部分。反恐第二案也在高院開審，我們都緊貼報道。

這星期工作量很大，我們出盡全力準備和報道，希望這一兩星期可稍為「回一回氣」，再繼續準備在年底的報道，希望能繼續獲得大家訂閱支持，讓我們有足夠資源維持運作，做深入報道。

《法庭線》編輯室

延伸閱讀：

47 人案｜港首宗顛覆案判刑

戴耀廷囚 10 年

官裁 4 人屬首要分子、三級罰則不完全適用

2025.3.17

「點解唔報裁決理據？」

各位讀者：

2025 年 3 月一宗強姦案，陪審團一致裁定被告無罪，留言區一片嘩然，「有冇多啲裁決嘅內容呀！」、「我睇緊啲咩嘢？」、「點解記者沒有報道控辯雙方的結案陳詞及法官的判詞」、「我只想知道原因，呢個報道令人失望。」

不少讀者對結果感到不解，今期手記嘗試解答部分疑團，亦想跟大家分享作為媒體的一點反思。

這宗自《法庭線》創辦近 3 年來，瀏覽量第二高的案件，涉及一名現年 58 歲的男子，他被指自親生女兒滿 12 歲起，連續 8 年多次在住所強姦她，女兒事隔 10 年後報警。被告否認 13 項強姦罪及 1 項非禮罪受審。案件在 2025 年 3 月 4 日開審，經過控方舉證、辯方抗辯、法官引導等階段，4 女 3 男陪審團於 3 月 13 日一致裁定被告所有罪名不成立。

「點解唔報道裁決理據？」

這要先講講陪審團審訊的特質。一般在高等法院審理的刑事案，會由法官處理法律及程序問題，陪審團則負責裁斷事實。因此在陪審團退庭商議前，法官會向陪審團作出引導，例如解釋罪行要素、控辯雙方就案中爭議提出了甚麼證據等。

普通法制度相信，陪審員來自不同階層及背景，他們能將日常經驗、集體智慧和常識應用於裁決中，在法官協助下判斷證人是否可信、被告是否不誠實、控辯雙方供詞哪一版本較可信等。而陪審團商議的過程必須保密，他們最後只須交代裁決結果的票數（以本案 7 人為例，比數至少要達至 5：2 才算有效），毋須透露背後理由。

事實上，在本案裁決當日，由陪審團入庭宣讀結果至散庭，歷時僅約 15 分鐘，記者在庭內掌握到的資訊非常有限。

話雖如此，縱使我們無法如觀看電影《十二怒漢》或《正義迴廊》般窺探陪審團的討論過程，不知內裡曾否激烈辯論，本案陪審團閉門討論了近 8 小時，最終達成 7：0 的一致裁決，或許都能反映出 7 位陪審員最後對裁決毫無懸念，或至少認為案中有疑點，而基於「疑點利益歸於被告」須判無罪。

「咁點解辯方案情、法官引導都冇寫？」

這問題則超出法律原則的討論了，坦白說，傳媒責無旁貸。

在網上搜尋案件相關報道，會發現開審當日或翌日，粗略點算有至少 8 間媒體報道控方開案陳詞。翌日事主作供，有跟進的媒體減至 3 間。第四日審訊被告開始作供，仍有兩間媒體報道，隔了一個周末，有繼續報道案件的媒體只剩一間。而觀乎網上搜尋結果，控、辯結案陳詞及法官引導當天，未見有任何相關報道。

綜合各媒體報道，控方在開案陳詞指，多次性侵事件情節相似，被告曾到事主房或拖事主到客廳強姦，又指警方在被告電腦發現女性私密部位的相片。被告則指自己患痛風多年，無力抬起事主的腿性侵，又指如有人在客廳沙發郁動，妻兒在房內一定會聽到聲響。至於在電腦檢取的相片，被告稱家中所有人共用此電腦，猜測可能是事主的手機相片意外流入電腦。

的而且確，若傳媒能報道更多辯方案情、法官引導時的重點，即使陪審團最後毋須交代裁決理由，讀者得知結果時也不會如此摸不着頭腦。

「咁你哋點解唔搵人聽足呢？」

這正正是編輯室每天望着「菜單」（翌日的案件列表）要思考的難題。以這宗強姦案為例，同一時期（3 月 4 至 13 日）還有甚麼案件需要持續跟進呢？

- 黎智英案（我們有實時報道，兩名記者專責跟進）
- 反恐條例第二案（1 名記者專責跟進）
- 父親被指虐殺 3 歲女兒案（由陪審團審理，同樣受公眾關注，1 名記者專責跟進）

換句話說，單單上述 3 宗案件，我們每天已出動 4 名同事，期間還有譚得志煽動案終審裁決、支聯會拒交資料案終審裁決、陳虹秀 8.31 暴動案裁決等等 …… 以我們目前有 5 位全職記者計，每天都需思考「5 個蓋如何冚 10 個煲」，取捨過程難免會「犧牲」了部分案件。

法庭報道能讓案件進入公眾視線，是司法公開的重要一環，我們亦深知媒體的選擇與報道方式，會直接影響公眾接收新聞的視角與深度。在有限資源下，如何確保讀者獲取最完整資訊，例如下次再遇到同類審訊，即使未能派人全程跟進，是否也應盡量在法官引導時派記者到庭採訪，我們會於實踐中繼續探索。

《法庭線》編輯室

2024.9.16

當記者被恐嚇

各位讀者：

剛過去的一至兩個星期（2024年9月上旬），小型媒體界彌漫不安情緒，源於有不同成員接連收到由匿名人士發出的滋擾及恐嚇的訊息，指控記者或其任職的傳媒反政府及違法等等。初時個別消息傳出，受影響範圍不明確，受影響的人亦有口難言，殊不知這次針對記者行動的規模較想像中更大。

記協調查後發現原來多達13間媒體、兩間新聞教育機構受影響，而願意公開確認的包括《獨立媒體》、《Hong Kong Free Press》、《誌傳媒》及部分記協執委成員。至少有15名記者受害，除了他們自己，他們的家人、家人的僱主或所屬機構，甚至記者住所的業主和地產代理，都收到滋擾及恐嚇訊息。

綜合記協公布及獨立記者鄭思思的採訪，這次針對傳媒的行為涉及滋擾及恐嚇兩個層次，前者是透過無實據的空泛指控，附加個人資料例如記者的相片等，造成騷擾、壓力及煩厭；後者是直接使人感到受威脅，憂慮生活或者安全受到妨礙。

例如據《HKFP》的聲明，其董事 Tom Grundy 的業主及地產代理所收到的訊息，提及除非 Tom 搬走，否則他們會面臨「無法想像的後果」（unimaginable consequences）及「連帶的損害」（collateral damage），明言是「無法想像」及是「損害」，威脅性質明顯。

不過令記者及傳媒更為擔心的是，這次的滋擾及恐嚇訊息以郵寄及短訊的方式發出，連他們的家人甚至家人的僱主都收到，意味對方已經掌握住址、手機號碼、工作場所及私人生活連繫等資料，受影響的記者自然會想像，對方會否持續騷擾？又會否有下一步升級的行動？

就如鄭思思的採訪，有受影響的記者感焦慮、失眠，「每遇到不知名的電話來電或來訊，都會嚇一嚇，害怕是否有新的恐嚇」，令他要考慮轉行。

匿名訊息接連出現，而且針對多間傳媒的記者，業界的焦慮、不安正在累積。我們硬着頭皮面對，探討如何能夠更周全地保護記者，以及應對突發情況的措施，一邊消化疑慮，一邊繼續採訪和報道，履行職責。

《立場新聞》案已在傳媒報道等方面劃出新的界線，如果傳媒在合法合規的空間都不能夠生存及運作，為社會提供大眾關心、需要的資訊；如果明明白白地針對記者的滋擾及恐嚇行為持續發生，背後的人毫無後果，那麼焦慮、不安與悲哀，就不只在小型媒體，亦不只在新聞界了。

《法庭線》編輯室

延伸閱讀：

記協指至少 13 傳媒機構
共數十記者及家人遭「系統性」滋擾
已就事件報警

2024.11.11

法治死了嗎？

各位讀者：

最近有幸獲一位前輩邀請到他的大學課堂分享。這班學生來自不同學系、不同年級，導師希望同學多角度了解公民社會的現況，這次輪到新聞行業，想我透過《立場新聞》案，說說裁決對新聞工作有何影響、案件如何為新聞自由及煽動劃線。

坦白說，當我聽到要分享這題目時，我有些遲疑。一方面，這班同學來自不同學系，先不談他們對時事有多關注，單是「立場案」其實指控甚麼，或許都未必有留意。還要進一步探討案件中的爭議、法官如何剖析新聞原則，他們真的會感興趣嗎？另一方面，作為講者，我又該如何在一堂課中清楚傳達重點，而不讓人感到昏昏欲睡呢？

想了又想，能夠近距離與學生交流，說到底也是難得的機會，就硬着頭皮試試吧！

當日分享，我簡單介紹《法庭線》後，就由2021年12月29日、《立場》兩位總編輯被捕講起，然後針對幾個環節回顧重點：控方如何指控17篇文章涉煽動？前總編輯鍾沛權如何抗辯？他眼中的新聞原則是甚麼？最後法官如何裁決？為何認為有11篇文章具煽動意圖？為何認為被告非進行真正新聞工作等等。

結果一講，就用了足足兩小時，期間有兩位同學比較積極「畀反應」答問題，其他同學則較靜。當我正糾結大家是否悶昏了，去到課堂尾聲，我獲得兩個意外收穫。

在答問環節，一如過往其他分享會，有同學問到「你覺得法治係咪已死」這問題。我反建議，有沒有同學願意先分享他的看法呢？

班房裡起初一片寂靜，等了大約10秒，我留意到一位坐第一排、紮馬尾的文靜女生目不轉睛地望着我，看似有話想說，我於是邀請她分享。她想了數秒，靦腆地說：「坦白講 …… 我其實一直冇乜留意新聞，不過今日喺課室聽到呢個分享，知道喺法庭入面啲人點樣去爭拗，我覺得好似聽返香港幾年前嗰種討論。」

到下課後，一位坐最後排、同樣全程沒發言的男生，特意留到最後，然後上前跟我說：「好多謝你嘅分享，你嘅分享 inspire 我。」

「竟然？邊部分呢？」我嘴角微掀忍不住問。

他說：「其實我近年都好少睇新聞，好似你頭先所講，有少少政治冷感 …… 其實我前幾年都有留意嘅，不過而家唔係好想睇。但聽完你嘅分享之後，令我明白到原來仲有好多人喺唔同位置努力緊，我覺得應該要關注返 …… 」

「法治是否已死」這問題，我們在過去不同場合、亦曾於編輯室手記提過，「法治是生是死，不由我們判斷。我們只是想在法治內涵轉變的過程中，與大家一同見證記錄。」

想深一層，當庭內某一方的證詞令你有共鳴、有感受；當你看到在法庭內，縱使結果未必如人所願，仍然有人在努力辯護、努力爭取；輕言一句「法治已死」，會否抹殺了很多人的汗水，又是否公允呢？

謝謝兩位同學的真摯分享，也促使我過去兩天再次反思法庭新聞的價值。

順帶一提，當文靜男生說我 inspire 了他，我也藉機推介：「咁就啱啦，其實《法庭線》有好多案件嘅整合文章，可以一次過睇返案件嘅重點，得閒可以睇睇喎！」他說：「我就係頭先聽完你介紹，覺得呢啲整合文章係好好嘅起點，我會試吓揀一、兩篇睇吓！」

沒錯，同事用心製作的審訊整合報道，的確是不錯的切入點。大家可以到《法庭線》網站，重溫不同的案件整合及判詞解讀。

Cat

延伸閱讀：

《法庭線》案件整合報道專頁

2023.12.4

如果沒有公民團體

各位讀者：

中大新聞獎 2023 年 11 月中的「負重前行的新聞」講座，除了《明報》助理執行總編輯高志堅、《有線新聞》前助理總採主林妙茵，中大新聞與傳播學院教授李立峯也是嘉賓，他分享對公民團體與媒體變化的觀察，頗能反映現況，值得和大家談談。

大家記得 2023 年 7 月，我們報道過物流平台「Zeek」一名司機，在勞資審裁處向資方追薪勝訴的故事嗎？審裁官裁定，司機與資方屬僱傭關係，對外賣及物流平台的營運有很大的潛在影響 —— 如果外賣員、車手獲確立是僱員，這些平台需按法例調整現時的薪酬及福利，營運成本可能增加；對一直被當作自僱的外賣員、車手而言，則是可獲更全面的勞工保障。

這宗對勞權有指標性影響的案件，2023 年 2 月提訊、3 月審訊，然後於 5 月底裁決，但全港傳媒都未有留意及跟進，直至「外賣員權益關注組」邀約做「細圍」（即由部分傳媒共同採訪及報道），案件才獲關注及報道。當中，《明報》視為重要新聞，放在 A1 頭版。

李立峯在講座提及「Zeek 案」，指公民團體的減少或活躍度下降，影響傳媒掌握社會動向及資訊流通，如非「外賣員權益關注組」留意到這宗案件，到場旁聽及邀約「細圍」，傳媒很可能忽略，而大眾亦無從得知，勞審處作出了對平台外賣員、車手權益有重大影響的裁決。

李立峯又指，與一些公民團體訪談，有人說感受到多元聲音減少，本來在二三線的團體，不知不覺站到了前面，記者比以往更常訪問他們，曝光率上升；亦有人反映，可能是多元聲音減少，現時做倡議的迴響較大，比起以往更易獲得關注。

傳媒與公民團體有密切關係。記者很多時透過公民團體掌握社會實況，最常見的例子是「勞福 beat」（即主責勞工及社會福利範疇新聞）的記者，除了留意勞福局、社署的政策之外，亦恆常與志願團體聯絡，了解勞工、基層和弱勢面對的問題，透過社工或志願工作者找到在困境中的人受訪等等。而公民團體亦靠傳媒報道，作公開倡議，或尋求大眾關注議題。

普立茲有關新聞媒體社會角色的名句“A journalist is the lookout on the bridge of the ship of state.”，常被引用，大意是指記者可發現社會的潛在問題，及時提出警告，讓社會聚焦、探討及處理問題。不過缺少公民團體的積極參與，傳媒掌握社會問題的能力會減弱，也變相令社會更難及時處理潛在問題。

最近在金馬獎奪得最佳新導演的卓亦謙，他的作品《年少日記》訴說學童自殺故事，加上近日發生的輕生事件，喚起社會關注學童壓力。如果有教育界團體參與和發聲，可助記者更快、更透徹了解議題的重心，或者透過「細圍」訪問、記者會，為社會補足更完整的「畫面」。

例如，學校現在處理受壓學生的情況是如何？駐校社工人手夠不夠？老師、社工面對怎樣的困難？而除了學童，我們又需否關注老師、社工們面對的壓力？隨公民團體減少、不再活躍，傳媒介入社會問題愈來愈難。我們看到問題，卻沒能進入核心。

《法庭線》編輯室

外賣員權益關注組於 2021 年成立，是香港基督教工業委員會屬下組織。關注組曾協助外賣員追薪、安排傳媒採訪、要求外賣平台加強保障勞工，亦曾向當局提交建議書。關注組於 2025 年 6 月 30 日突然宣布停止運作，未提及原因。

延伸閱讀：

物流平台「Zeek」司機追薪勝訴
首案確立僱傭關係
關注組：僱主曾提官「你小心啲判」

第四章

內望司法制度與法律改革

制度如何幫助 —— 與限制 —— 伸張公義？

2022.11.6

「冤獄比放過有罪的人更不公義」

各位讀者：

最近有一套有關香港法庭審訊的電影 ——《正義迴廊》上映，不知大家有沒有入場觀看？

故事改編自 2013 年大角咀弒親案。在真實事件中，兇手周凱亮先在 Facebook 開設專頁尋親，稱父母返內地遊玩後失蹤。他除了報警，更主動聯絡傳媒接受訪問，詳述父母失蹤過程及「疑點」，例如指兩人的護照及回鄉卡並沒帶走等。兇手事後透過 WhatsApp 告知友人「殺人佈局」，警方又在他大角咀寓所找到失蹤夫婦的屍體，才揭發這宗轟動一時的命案。周與一名朋友落網，被控謀殺及非法處理屍體罪。

片長 130 多分鐘的電影，嘗試「重組」命案現場、審訊，以及陪審團辯論，虛幻與現實縱橫交錯，引人反思何謂公義、「無罪推定」、「疑點利益歸於被告」，以及「陪審團制度」的意義。

不少曾經採訪這場審訊的記者，都讚嘆電影審訊部分細節，還原度極高。有人認為角色與原型相似，有人覺得遴選陪審員的過程似曾相識，亦有行家說，想不到最神似的是陪審團看到「碎屍相片」時的表情。

說到陪審團，這場 2014 至 2015 年在高等法院進行的審訊，可謂一波三折。在真實版本中，陪審團曾於審訊中途被解散，案件需押後半年重審。原因是呈堂相片太令人不安。

案件原於 2014 年 8 月審訊，當時選出 4 女 3 男陪審員，過程中有人獲選後未能讀出誓詞英文字句，獲暫委法官司徒冕批准豁免陪審員義務；有工程公司董事稱要就政府工程投標，無暇聽審，法官本來拒絕接納，但他最終因辯方提出反對而獲豁免，法官笑言他「好彩」。

審訊預計約 20 日，根據當時傳媒報道，控方在開案陳詞提到，被告早於案發前半年部署殺人計劃，兩老死後遭肢解，部分屍骸被鹽醃或放入微波爐烹煮，四肢放入防潮箱，頭顱、內臟及生殖器官等則放入雪櫃冷藏。控方又指，案發現場有 615 個未用的發泡膠飯盒。周曾指，次被告建議將屍骸放入飯盒製成「叉燒飯」，當垃圾棄置。

只是聽到以上小部分案情，都可以想像審訊期間，陪審員需檢視大量證物，包括多張兇案現場，以及涉人體殘肢的相片。

結果，去到第三天，有一名女陪審團要求退出審訊，獲法官批准。審訊踏入第七天，再有一位男陪審員呈上醫生紙希望退出。法官在庭上透露，兩名陪審員提出的原因一樣，均指受庭上證供困擾，心理狀況受影響，以健康理由申請退出。

法官指，雖然法例容許案件以 5 人陪審團、即陪審團最低人數繼續審訊，但案件已先後有兩名陪審員退出，餘下的陪審員亦可能同樣受到心理上的負面影響。法官與控辯雙方商討後，認為審訊不能繼續，宣布解散陪審團，並安排半年後重審。法官特別指出，今次陪審團需聽取如此恐怖的證供，對此感到抱歉，宣布他們可終身豁免任陪審員，希望他們不會覺得浪費了時間。

至 2015 年 2 月大年初五，案件重審，法官將陪審員數目增至 9 人，遴選過程大致順利，當中 3 人主動要求退出，包括指要照顧精神有問題的家人、到澳洲公幹，以及每早要接載子女到大埔上學等，法官均批准豁免，最後選出 4 男 5 女陪審團。

經過約一個月審訊，9 人陪審團退庭商議約 7 小時，最終以 8 比 1 的大比數，裁定周凱亮兩項謀殺罪罪成，判囚終身；次被告則謀殺罪名不成立，他早前承認阻止合法埋葬屍體罪，判監一年，由於已被羈押兩年，當庭釋放。

看過這齣戲的朋友步出電影院時，或許都不禁會問，「究竟次被告有無殺人？」裁決結果是否一定反映到真相？

若你有同樣的糾結，暫委法官司徒冕就此案判刑時所頒下的判詞，也許可給你一點指示 ：

"This jury has unanimously found you not guilty of murder, all nine of them, and I do not often make a comment about a jury's verdict because it is not my place to do so, but if anyone suggests you were guilty of murder and got away with it, you just tell them that the judge also agreed with the verdict of the jury. I am absolutely in no doubt whatsoever that the verdict is correct. Of course, there was some evidence for the jury to consider and they have done so with the verdict you know about."

（陪審團一致裁定你謀殺罪名不成立，全部9人，我很少就陪審團裁決作評論，亦不適宜這樣做，但若有任何人指你應被裁定謀殺罪成，只是僥倖脫罪，你只需跟他們說，法官也認同陪審團的裁決。我毫無疑問今次裁決是正確的。當然，陪審團曾考慮過一些證據，他們有這樣做，並作出你所知的裁決。）

借用《正義迴廊》中的一句對白：「冤獄比放過有罪的人更不公義」。

不少人常掛在口邊的「疑點利益歸於被告」，為何這樣重要？應如何體現？值得深思。

《法庭線》編輯室

2025.4.28

終院海外法官離任
香港有何損失？

各位讀者：

終審法院海外非常任法官近年接連離任，最近一人是來自澳洲的范禮全（Robert French），他的任期原本至 2026 年 5 月，但在 2025 年 3 月底提早請辭。

一如以往有海外非常任法官離任，港府除了感謝范禮全的貢獻，亦表達了遺憾，並強調不會削弱司法制度，司法機構就指終審法院的運作不受影響。官方的回應予人感覺，海外法官的離去似乎影響有限，至少制度、運作都如常。

但海外非常任法官的制度是政府與司法機構致力維護的，亦受《基本法》保障，無疑對社會有益，現任人數已不多，再減一人，影響真的是微不足道嗎？我們早前的專題報道，就由范禮全在任時的工作入手，嘗試回答這問題。

范禮全是澳洲高等法院（最高級別的聯邦法院）前首席大法官，他 2017 年卸任之後加入香港終院，在任期內參與審理過 15 宗上訴案，並撰寫當中 3 份判詞。其代表作是在「協和小學試題外泄案」中，收窄被指為「萬能 Key」控罪的「不誠實取用電腦」罪範圍。

律政司過去引這罪名起訴涉及「電腦」（定義包括智能手機）的涉嫌違法行為，但范禮全裁定這罪是針對取用他人的電腦犯案，不涵蓋使用自己電腦的情況，動搖了不少案件的檢控基礎，包括涉及偷拍的風化案。結果有些被告獲裁無罪，有些人則獲撤控。政府其後另訂「窺淫」、「非法拍攝或觀察私密部位」等新罪應對。

大家都知道，法院審案不時都要詮釋條文，爭議之處往往就在如何詮釋。范禮全曾經在兩份判詞談及，法院應當如何根據立法目的詮釋罪行涵蓋的範圍，他反駁律政司提出，應作出寬廣的詮釋以維持良好公共政策的主張。

他的看法，恰巧亦在 2025 年初宣判的「林卓廷涉披露游乃強受查案」，被常任法官霍兆剛引用。該案中，霍兆剛認為《防賄條例》下的「披露受查人身分」罪，據立法目的和條文的用語，都不支持較廣闊的詮釋。

香港奉行普通法，《基本法》讓法院能參考其他普通法地區的判例，而海外非常任法官的參與，有助香港法院應用海外合適的判例或法律原則，與國際接軌。

正如范禮全 2024 年 6 月回覆傳媒所指，「（海外法官）集體離任會損害法治，亦會導致香港被隔絕於國際法律思維」，當時有 3 名海外法官提早請辭或確認不續任，范禮全則認為留任更合適，不過他最後也改變了想法。

事實上，終院海外法官的能力皆非常出眾，他們來自高級別的法院，或者是法院的領導層，部分更身兼學者，例如前非常任法官梅師賢被譽為法學泰斗，已提早辭任的岑耀信亦是歷史學家。

年屆 90 的賀輔明在 2025 年初續任 3 年，首席法官張舉能在法律年度典禮向傳媒形容，他是普通法世界的偉人（He is the leading living common law giant in the entire common law world.）。

既然海外法官在普通法世界都是名望與實力兼備的人物，當他們選擇離任，影響怎會是微不足道呢？

《法庭線》編輯室

由 2024 年起至 2025 年 6 月，終院海外非常任法官累積有 6 人離任，當中，前澳洲高等法院首席大法官紀立信、前加拿大首席大法官麥嘉琳及前英國最高法院院長范理申 3 人不續任；前英國最高法院法官郝廉思、岑耀信及范禮全則提早請辭。同期有兩人加入，分別為前澳洲聯邦法院首席大法官歐頌律，以及新西蘭最高法院常任法官楊偉廉，連同他們，終院海外非常任法官共有 6 人。

延伸閱讀：

終院海外法官范禮全提早請辭
任內審 15 案
在協和試題案收窄取用電腦罪

2022.7.31

裁判官犯錯有無後果？

各位讀者：

司法機構在 2022 年 7 月公布對公眾投訴裁判官吳重儀的調查結果，由 3 名法官組成的專責小組認為投訴不成立，但罕有地批評吳嚴重犯錯，引發連串討論。有人問裁判官審案時如有犯錯，有沒有後果？編輯室整理一些案例及資料，嘗試回答。

這次投訴源於吳重儀 2020 年裁定小學教師楊博文襲警罪成後，指懷疑楊的「思考、思覺，或者個人格有冇潛在嘅障礙」，主動為他索取兩份精神科報告，並撤銷保釋，將楊羈押在小欖精神病治療中心。吳事後被投訴對楊有嚴重偏見。

專責法官小組認為，吳就楊的罪責、態度和背景作出評論和考慮，「不表示她審理案件時必定心存偏頗及不公」，故投訴不成立，但指出「極不認同」吳的手法，批評「顯然是錯誤行使司法權力」，亦必定對楊構成沉重壓力。

楊博文就形容，被羈押在小欖大約一個星期是「人生最難過嘅幾日」，更指曾被囚友「用手摝住條頸」，認為吳的決定「無疑是一個完全沒有必要的額外懲罰」。

制度上，法官和裁判官須遵守《法官行為指引》，如有違反而經司法機構（委派的法官）調查屬實，終院首席法官與法院領導會作出處分。例如區院法官郭偉健 2020 年處理將軍澳連儂牆斬人案，稱讚被告有「高尚情操」，時任終院首席法官馬道立作提醒，並暫停他審理反修例案逾一年。

此外，法官與裁判官亦有機會因審案時犯錯而被民事控告。2018 年，時任東區法院暫委特委裁判官何麗明，審理一宗行人不小心過馬路案，經 91 天審訊裁定被告無罪，期間對被告施加保釋條件。被告除了提司法覆核指何濫權，亦入稟向何索償逾 170 萬元。區院法官裁定何麗明敗訴，須作賠償，金額待議。

不過法例對執行審案職責的法官和裁判官亦設下保障，例如《裁判官條例》定明，原告須明示地指稱裁判官惡意，而且對方沒有合理及頗能成立的因由作出相關行為，才可提出訴訟；如未能證明其指控，訴訟必須被駁回，或裁定被控告的裁判官勝訴。

很多時，被定罪的被告如上訴得直，上級法院均會指出原審裁判官犯錯，例如考慮證供有不足、詮釋法例有誤。高院法官陳仲衡 7 月中裁定一名醫科生在非法集結案的刑期上訴得直，就指出原審裁判官單憑被告穿「時代革命」字樣 T 袖認為重犯風險高，「未免過於武斷」。

根據法例，在這情況下，即使裁判官被上級法院指出犯錯，但如非惡意、不合理，亦不能就此向裁判官提出訴訟。

調查裁判官吳重儀的專責法官小組，似乎亦考慮過這點，並在報告中寫下結論，認為「沒有足夠基礎令人客觀地得出結論指裁判官故意濫用司法權力或惡意行事」。

《法庭線》編輯室

楊博文被控於 2019 年 11 月 11 日清晨時分，在上水襲擊正在執行職責的警長鍾宏業；楊原任職小學老師，亦是沙灘排球港隊代表，辯方於庭上透露楊因案遭學校解僱。吳重儀 2020 年 6 月 12 日裁定楊罪成，為他索取兩份精神科醫生報告，並撤銷其保釋，導致楊羈押在小欖精神病治療中心。楊在數天後，即 6 月 18 日向高院申請保釋獲批准。他在案中被判囚 9 星期；高院駁回他的定罪上訴，維持原判。

2023.11.6

一道屏風

各位讀者：

曾經聽到有律師形容，性侵案是最難打的案件之一，之所以難，因為很多時都沒有第三方證人，舉證很依賴受害人供詞。另一邊廂，要受害人在大庭廣眾下揭開傷疤，鉅細無遺地交代傷痛經歷，甚至被傷害自己的人盯着作供，所面對的壓力與不安，不容忽視。究竟在追求公義與保護證人之間，應如何取平衡？

最近有一宗非禮案，正正涉獵到這議題。

香港女子足球代表隊前助理教練黃子偉，被指在 2021 年三度非禮一名女子。他否認 3 項非禮罪受審。事主在審前覆核階段，獲署理主任裁判官香淑嫻批准，於正審時可在屏風下作供。原定安排，是屏風會遮擋公眾視線，被告仍可看到事主，但事主不會看到被告。但案件在 2023 年 11 月開審時，辯方要求裁判官彭亮廷更改屏風安排，認為被告有權與事主對視。

辯方解釋，本案非禮指控不涉暴力，法庭可觀察事主作供時「夠唔夠膽望被告」，又指「如果證人連指控嘅人都唔敢望 …… 指控嗰個人，應該面對嗰個人」。控方則指本案涉性罪行，事主表明不願再見到被告。

裁判官最終認為，原定安排有商榷餘地，沒法律基礎，下令屏風不能遮擋事主與被告的視線，並指在保障事主權利的同時，不能輕易剝削被告與事主「對峙和對質」的權利。

究竟這個被質疑「沒有法律基礎」的安排，是何時開始出現？為何會有這樣的安排？

事實上，香港早就有屏風和閉路電視作供的政策，但直至 2016 年司法機構推出《實務指示》之前，性罪行受害人想申請在屏風下作供，並不容易。

翻查資料，一位化名「月心」的女子，早年曾接受傳媒訪問，講述自己出庭作供的不快經歷。她在 2009 年被性侵，在社工陪同報警後，曾問警員出庭作供時可否安排屏風，警員稱她是成年人，「不需要，都申請不到」。為了頂證被告，她硬着頭皮在眾目睽睽下作供，形容經歷猶如再度被侵犯。被告最後罪成判囚 5 年，以為事件告一段落，誰知被告提上訴，案件發還重審，「月心」再度被要求出庭。她再次申請屏風下作供，警方這次指：「你第一次上庭也沒有屏風，今次也不會有啦。」最後，她抵受不了壓力，放棄出庭，被告獲改判非禮，刑期減至兩年，當庭釋放。

港大法律學院首席講師張達明曾指出，性罪行申訴人之所以在申請屏風一事上如此困難，是因為缺乏明確指引，導致法庭不會主動詢問受害人，而警方往往憑着過往經驗，認為申請很難做到，故直接拒絕受害者的申請。

經過學者與關注團體多年爭取，加上在2014年，時任高院原訟庭法官薛偉成在一宗強姦案頒下重要判詞，指性罪行案性質敏感，設屏風遮隔公眾，不會令陪審員對犯人產生偏見，司法機構翌年提出修改《實務指示》，規定性罪行案件在審訊前，律師須告知法官，申訴人曾否要求屏障，作為常規程序之一，並於2016年8月1日生效。

根據《實務指示》，控方為證人申請屏風或特別通道等設施時，除了交代理由，亦須說明要求使用哪一種屏障，例如是使被告或公眾，抑或兩者都看不見該證人的屏障，可見指引本身容許證人申請在看不到被告的情況下作供，再由法官酌情決定。

關注婦女性暴力協會日前發表文章指，《實務指示》及《刑事訴訟程序條例》賦予性暴力受害人擁有使用保護措施的權利，是考慮到性暴力受害人的脆弱性、看見侵犯者時可能會出現的惶恐狀態。協會認為，法庭需理解性暴力事件對受害人所造成的創傷，對其出庭作供有顯著的負面影響，因此具創傷知情的保護（Trauma-informed Protection，以創傷知情為基礎的保護方式，着眼於理解創傷對個人及其行為所造成的影響），可令他們在安心、免於不必要的壓力下於法庭作證。

順帶一提，針對性罪行案件受害人出庭的保障，在2018年亦有另一項修訂。立法會通過修訂《刑事訴訟程序條例》及《電視直播聯繫及錄影紀錄證據規則》，賦予法庭酌情權，准許性罪行申訴人透過電視直播作供。有份推動改革的張達明曾表示，引入電視直播，讓受害人透過電視作供，可避免再近距離見到涉嫌侵犯者。

經過有心人多年爭取，規例上多了不少保障，不過在執行上，法官是如何行使酌情權？怎樣判斷受害人的承受能力？現行機制是否真的足夠有效保障受害人出庭作證時免於恐懼？會否有更多措施可令他們安心作供，免受二次傷害？值得大家深思。

《法庭線》編輯室

延伸閱讀：

有權申請屏風、視像作供
性罪行案事主出庭為何仍感恐懼？

2024.10.21

性罪行法例
何以急需改革？

各位讀者：

今期手記說說香港性罪行的限制和改革方向。最近有兩宗案情令人愕然的嚴重罪案審結，兩宗都涉及非陽具插入形式的性侵犯，而被告同樣因此被控非禮罪，被裁定罪成。

第一宗是輕度智障女子西貢村屋謀殺案，案情指道士認為事主「邪靈上身」，以不同物品襲擊她，又指她與「陰人」性交，遂與其母親購買假陽具，為她進行「破處」儀式。道士被控謀殺及非禮罪，而死者母親被控協助及教唆非禮罪，兩人由陪審團一致裁定罪成，道士被判囚終身（就非禮罪被判囚 10 年），母親被判囚 10 年。

另一宗案件是「兒童之家」牧師侵犯 6 名男性青少年。他邀請事主 Staycation 或留宿，給予聲稱是「保健品」的安眠藥，然後趁他們睡着後侵犯，部分人遭口交、指插肛門，牧師更拍下過程，其中一人被侵犯時中途醒來揭發事件，警方搜屋發現影片，再揭涉及多名受害人。牧師承認「施用藥物以獲得或便利作非法的性行為」、非禮及「管有兒童色情物品」共 24 項罪名，被判囚 6 年半。

翻查法例，上述的控罪都有訂明最高罰則，最高可判囚 14 年，但仍遠較強姦罪或未經同意作出肛交罪的罰則為低：

罪行	最高刑期
非禮罪（猥褻侵犯罪）	判囚 10 年
施用藥物以獲得或便利作非法的性行為罪	判囚 14 年
管有兒童色情物品（經公訴定罪）	判囚 5 年
強姦罪	判囚終身
未經同意作出肛交罪	判囚終身

兩宗案件都涉及嚴重侵犯行為，分別是以假陽具插入陰道及手指插入肛門，但兩案的被告都沒有因此被控罰則較高的強姦罪及未經同意作出肛交罪，因為這兩項控罪只針對以陽具作出插入的行為，不涵蓋兩案被告的行為。

關注婦女性暴力協會回應牧師案時指出，插入式性侵犯對受害人造成的影響深遠，而在目前法例上卻僅能以非禮罪起訴，顯然無法反映嚴重性。

香港現時的性罪行法例主要來自《刑事罪行條例》，大致按事主年齡、侵犯者及事主的性別，以及侵犯方式等分為逾 20 條罪名。這些罪名在不同年代訂立，部分的定義與時代脫節，除了上述情況，還有不少例子。

譬如這十數年來社會性別觀念和意識大幅改變，但強姦罪條文仍註明「任何男子強姦一名女子，即屬犯罪」，即只針對男性對女性的行為，或無法保障跨性別人士。又例如，現時口交等插入形式的性侵犯，雖然對受害人影響十分嚴重，但現行法例下亦只能以非禮罪起訴。

法律改革委員會在 2019 年已發布《檢討實質的性罪行》報告書，提出新訂「未經同意下以插入方式進行的性侵犯」罪，摒棄「強姦」及廢除「未經同意下作出肛交」罪，建議新罪涵蓋以插入陰道或肛門方式，以及以陽具插入另一人口腔方式的侵犯行為，同時建議應訂明涵蓋手術建造的陽具及陰道。

報告另外亦提出多項重要的改革，例如訂明「同意」的定義、以「性侵犯」罪取代「猥褻侵犯」罪（即非禮罪）等等，不過改革實施至今未聞樓梯響。

在現行法例實際應用下，「非禮罪」的涵蓋範圍相當廣闊，當我們看到由蓄意觸摸（例如從後擁抱）、強逼口交，以至用假陽具插入陰道及手指插入肛門，控方都以此罪控告，是否反映罪行急切需要改革，才能更清晰發出阻嚇力，制止日復日發生在社區不同角落的侵犯行為呢？

《法庭線》編輯室

延伸閱讀：

法律 101 ｜ 甚麼是「非禮」？

2025.1.20

另類療法的法律空白

各位讀者：

最近有一宗不太起眼，但頗重要的案件在上訴庭處理，就是名為「娉婷」的美容中心宣稱能以「磁療」、「腦區治療」等方法治癌，負責人趙淑儀被控無牌行醫一案。她原審獲裁罪名不成立，律政司提出上訴，不過最終確認撤回。

原審時，控方指趙淑儀聲稱可透過「磁療」、「心靈治療」、「回春療法」等方法治癌，3 名病人共付 300 萬元的治療費，他們及後病情惡化。當中兩人已離世。

趙淑儀具體如何「治療」呢？審訊時，涉事的血癌病人及兩名病人的遺屬作供時都有提及。血癌病人鍾少琼稱，接受過趙的「腦區治療」、「心靈治療」、「照紅外線」、「吸氧」、「戴磁石」及「飲鹼性水」等。鍾按趙要求停服甲狀腺藥物，瑪麗醫院醫生警告十分危險，但趙說醫院的報告是「假象」。

肝癌病人徐劍雄的遺孀供稱，趙在「治療」期間提及磁鐵可引起「假發燒」、吸氧可增生「好細胞」，又曾經將徐的血液放在顯微鏡上檢驗，稱「紅血球黐埋一堆」。

胰臟癌病人陶寶富的遺屬則供稱，趙指西藥令陶的身體「有毒素」，着他停用安眠藥及減少服食其他西藥，並服用益生菌及刀豆，另指帶備磁石在身可加強治療效果。

為何原審裁定趙淑儀罪名不成立？

「無牌行醫」是指《醫生註冊條例》下的「未經註冊而從事內科執業」罪，原審、區院暫委法官鍾偉強裁定，「從事內科執業」的涵義只限於西醫，即只規範有人未經註冊而從事西醫執業的行為，但不針對其他形式的治療或療法。

在審訊中，辯方針對控方證人、衞生防護中心傳染病處首席醫生（監測）龔健恆盤問，就舉出脊醫等幾個例子，質疑雖然步驟近似，但並不屬於西醫。龔健恆同意，亦說西醫不會使用趙的治療方法，「『腦區』成套嘢就唔係一般西醫做法。」

原審就是認為，既然被告的行為不屬西醫做法，自然不受控罪條文規管。但不止這樣，原審亦指出對龔健恆的證供有保留，例如指他準備書面口供時，參照了非本案證人的口供；龔亦承認衞生署在「無牌行醫」議題上有內部指引，列明提供專業意見時需要考慮的資料。但龔在準備本案口供時，沒跟從指引或索取相關資料，故不會對書面口供給予任何比重。

另一方面，官亦指出兩名遺屬在事件細節上記憶模糊，又指血癌事主的記憶有模糊及偏差，認為難以依賴 3 人的證供。官亦罕有地批評，律政司外聘主控提問不準確，令證人難以掌握。

律政司原本就無罪裁決提出上訴，但在 2025 年 1 月在上訴庭確認，接納原審對於條文的裁定，故撤銷上訴。

案件雖然落幕，但原審的評語揭露不少值得跟進的地方。

例如，若按控方案情、傳媒早年報道重組時序，趙淑儀被指稱犯案的行為最早於 2012 年開始，她 2016 年分別因涉嫌無牌行醫、串謀詐騙被捕，而本案在 2023 年才開審。

雖然處理時間長不一定代表有疏忽，但客觀地看，這一點至少與證人記憶，以至其證供的可靠性有關。從另一面看，漫長的司法程序亦令被告人承受不少壓力。

對於絕處求生的病患以至他們的家人，這些另類療法可能是生命的一線曙光，正如鍾少琼供述接受趙淑儀「治療」的原因：「因為我無晒辦法，呢個係唯一、我嘅希望」。

另類療法是否有效可能涉及科學論證，但進行療法、受患者依賴和託付的人，行為是否合法、是否受規管，以至他們庭上的辯護都攸關公眾利益，非常值得深入採訪和記錄。

人手所限，非常可惜地我們沒能全程跟進這案，盼望日後可以做得更多。

《法庭線》編輯室

2024.11.4

「賣豬仔」再現
販運人口無罪？

各位讀者：

最近有宗「港人遭賣豬仔」案審結，兩人承認誘騙 5 名事主到泰國及柬埔寨，首被告被判囚 7 年，達到區域法院判刑的上限。法官林偉權用了頗重的措詞形容，說這宗是非常卑劣的人口販賣案件，亦是區院其中一宗最令人髮指的案件。

為何法官這樣說呢？承認案情揭示有 5 位受害人因「高回報工作」、「女友送禮」等名目，被誘騙離港。他們抵達外地後即遭沒收護照，然後被送到不同地方禁錮，要求他們從事網上詐騙，或要親友交付贖金後才能獲釋。部分人期間遭受人身安全威脅、暴力及虐待。

其中一位事主是輕度智障人士，他在 Instagram 結識網上女友，對方表示已將 100 萬元賭博獎金存入戶口，着他前往泰國領獎。他到埗後獲告知已遭人販賣，需工作半年，遭收走手機、關在籠內轉移到另一地點，期間戴上手銬，亦遭到毆打和電擊。

這5名受害人最後都能脫險，其中一人稱自己遭人以2萬美元（15.6萬港元）出售。兩被告分別涉及陪同事主離港、用個人戶口處理涉案的款項。次被告在警誡下承認，他知悉首被告將會販賣事主，但稱因自己欠債而「別無他選」參與。

將人當成商品，基於利益販賣，無視他人的自由甚至生存權利可能遭剝削，這些「賣豬仔」的故事聽來像是上世紀的事，但其實比想像中更貼身。近年東南亞的跨國人口販賣肆虐，受害人來自中國內地、香港、台灣、馬來西亞，由於受害人被送到當地政府都管不了的地帶，即使大使館出面亦未必能營救。

據保安局網頁，香港有不同法例打擊販賣人口的活動，包括《刑事罪行條例》、《入境條例》、《僱傭條例》及《人體器官移植條例》等等。

翻查這些法例，條文是針對不同情況。例如《侵害人身罪條例》有「意圖販賣而將人強行帶走或禁錮」罪，但指明針對「在違反其意願下帶走或禁錮」；另一條針對「非法引走、帶走、誘走、騙走或禁錮」的行為，但只適用於兒童。同樣地，《刑事罪行條例》亦有「販運他人進入或離開香港」罪，但只針對「目的在於賣淫」的情況。

這宗法官形容非常卑劣的案件，受害人並非兒童、他們被誘騙離港而不是遭擄走，而且在外地遭強迫從事的是詐騙工作而不是賣淫，就案情而言，上述法例都並非完全適用。兩被告被控的罪名是串謀詐騙及洗黑錢，雖然他們仍難逃法網，但情況揭示控方在同類案件仍可能面對舉證困難。

港大法律學院首席講師何珮芝接受《香港01》訪問時提倡，參考聯合國《巴勒莫議定書》中有關販運人口的定義，以制定專門打擊人口販賣及相關活動的法例，該定義亦明顯更切合近年的變化及特徵，而且更能針對案中不同角色的犯案者：

「為剝削目的而通過威脅、使用暴力手段或其他形式的脅迫、誘拐、欺詐、欺騙、濫用權力或欺凌弱勢，或給予或收受款項或利益以取得某人的同意（而該人可控制另一人），以招募、運送、轉移、窩藏或接收人口；而剝削應至少包括使人賣淫或其他形式的性剝削、強迫勞動或服務、奴役或類似奴役的做法，以及勞役或摘取器官。」

人口販賣對事主及其家人造成極為嚴重，而且可能是無法挽回的後果，在這個角度看，是否已有足夠理由着手研究訂立更完整的法例，加強打擊及保護呢？

《法庭線》編輯室

2024.10.7

遵從法律原意
就能維護公義？

各位讀者：

法律和司法制度何去何從，是今天很多人思考的問題，我們除了緊貼報道法庭案件，也想向讀者介紹好書。今期手記推薦劉宗坤的《為幸福而生》。

我們想像法律一定是公道，法庭一定尊重及保障人的生命、自由及各種權利，但現實不全然是這樣。美國的《獨立宣言》提及人人生而平等，又將各種自由寫入憲法，我們以為足以確保人有尊嚴地生活，但法律可變成剝奪人權的怪物，使人在日光之下匐伏而活。

美國最高法院於 1857 年裁定奴隸是合法財產，憲法保障奴隸主的財產權，所有黑人不論是奴隸抑或自由人都不是公民。這宗「史考特案」，以法律之名褫奪了北方自由州黑人的公民地位，亦斷絕黑奴從南方蓄奴州，逃奔北方獲取自由的希望。

1896 年，最高法院在「普萊希案」裁定種族隔離措施合憲，確立「隔離但平等」的原則，為有色人種在公開場合的生活，入學、就業、社交、婚戀等各方面承受的剝削提供合法基礎，有黑人兒童被逐出白人學校，有些州議會更通過《種族純正法案》，將跨種族婚姻定為嚴重罪行。這宗判例直至58年之後才被推翻，惟種族平權仍是舉步維艱。

《為幸福而生》講述奉行普通法的美國，在十九世紀以來的重要司法判決，呈現在奴隸制、種族隔離，以至非法移民兒童接受教育、女性墮胎權利等極富爭議的議題背後，弱勢群體在司法制度與現實社會之中追尋平等，既漫長又顛簸的旅途。

作者劉宗坤着墨於這些裁決背後的過程。他說在普通法中，法律和傳統賦予法官很大的解釋和判決空間。最高法院的大法官雖然由總統提名、經參議院通過而任命，過程涉及政治，但他們的價值觀由個人背景和經歷塑造，不一定抱持刻板、僵化的立場。

例如在「普萊希案」，唯一提出反對意見的大法官John Harlan生於奴隸主家庭，他曾反對廢奴，亦有一位因混血兒身分被學校拒絕取錄的兄長。在種族隔離根深柢固的年代，他沒有維護傳統，在判詞寫下後世推崇的反對意見：「在涉及國家最高大法保障的民權時，法律把人當成人，不看他的出身與膚色」。

法官行使司法權力解釋法律、裁斷對錯，公義及不公義的判決都會在歷史留痕。審理「史考特案」的首席大法官Roger Taney，在判詞引歐洲歷史指黑人在逾一個世紀被視為次等生物（beings of an inferiors order），不適合與白人往來，據此裁定《獨立宣言》所指生命、自由和追求幸福的權利，以及憲法保障的公民權，原意都不適用於黑人種族。

該案被視為最高法院的污點判例。2017 年，Taney 的後人向史考特的後人公開道歉，人們其後撤除紀念 Taney 的塑像。

書中闡述的判例亦帶出引人深思的問題：法官審案必須解釋法律，他們常常將文本及立法原意奉為圭臬，但嚴格遵從文本及原意，是否就足夠維護公義？

1982 年，德州議會立法將非法移民兒童排除在免費公立教育之外的案件，上訴到最高法院。

美國首名黑人大法官 Thurgood Marshall，在這宗「普萊勒案」將憲法沒有寫明的教育權利視為受保障的基本權利，政府不能任意剝奪。這種解讀被批評為以釋憲方式立法，僭越法院的憲制職權，但 Marshall 認為，文本及原意固然要重視，法院卻不應照本宣科、固步自封。

儘管進路有別，包括 Marshall 在內的 5 名大法官仍達成多數共識，裁定德州的法律違憲。作者說，這宗判例保護了數以百萬計的非法移民兒童，讓他們能接受基礎教育，融入美國社會。在另一些判例，法官面對的問題不是遵從原意與否，而是應該遵從哪種解讀，陷入另一種兩難。

作者在書中描畫，在種族血統、性別及社會階層平權的漫長路途上，美國法院一次又一次關上大門，以法律之名剝奪人權。但晦暗的年代孕育出一群民權律師，他們鑽進法律壁壘的狹縫爭取每寸空間。但除了勝算渺茫，他們一旦敗訴更可能會將弱勢推入更嚴峻的處境。

在「普萊希案」之後，種族隔離有了合憲基礎，南方州的隔離措施變本加厲。據作者記載，代表黑人一方的律師從此退出法律專業，在抑鬱中度過餘生。不過爭取民權的浪潮沒有停下來，無數年輕律師繼承前人的意志，Marshall 就是其中一人，他參與過數十宗民權案件，在「布朗案」代表黑人一方，成功推翻「普萊希案」判例。

書中的司法判決亦說明，獨立於行政、立法的法院，為民眾提供申訴和透過法律保障自身權利的渠道，「小人物」在司法中爭取公義，有時能推動社會前進，縱然法院不一定作出預期的裁決，這種獨立的權力和制度仍是舉足輕重。而美國最高法院如何行使權力，亦深深影響社會大眾對體制的信心。

正如作者引述 John Harlan 在公開演說所言，「最高法院的權力可以用來行善，也可以用來行惡，都不可低估 …… 既能透過判決鞏固人民對我們體制的信心和愛戴，也比其他政府部門更容易破壞我們的政體。」

每個地方的獨特經驗固然不是放諸四海皆準，但借鑑他者經歷總可撥開一些迷霧，覺察自身。這本書值得關心法治的朋友細讀。

信熙

（手記原載簡略版書介，此為完整版）

2023.8.7

「判刑後，然後呢？」

各位讀者：

本周我們放下案件，談一套與法律有關的舞台劇。

「中英劇團」《辯護人》重演，記者在機緣巧合下先睹為快。故事藍本來自2014年台北捷運隨機殺人事件，講述一名男子因無差別殺人被判處死刑。他的辯護律師察覺到被告的精神狀況，在審問期間歷盡不公平對待，決意為他上訴，以捍衛罪犯的人權。

辯護律師甚至提出以「修復式司法」的方式處理，四出奔走遊說，希望被告、加害者家屬、受害者家屬願意透過對話，找出事件成因，藉此撫平各方傷痛。一個本為彰顯法治的決定，卻令他遭受社會唾罵，連妻女也受牽連。

也許不少讀者會對「修復式司法」感到陌生，簡單來說，它是一種刑事調解方式，七十年代起在北美、歐洲等地陸續採用，盼加害者與受害者等人透過對話互相了解，共同討論如何修補事件帶來的傷害，從而減低加害者再度犯案的機會。值得一提，「修復式司法」並非要取代傳統司法，只是提供另一種解決紛爭的模式。

看畢舞台劇，我有幸跟《辯護人》導演張可堅傾談交流。張導演告訴我，他一向喜歡看法庭上的唇槍舌劍、激烈交鋒，故此過往有份參與的眾多劇作之中，不乏以法庭為背景的經典作品，例如《十二怒漢》、《紐倫堡大審判》。而在台灣隨機殺人事件發生後，他特別留意為兇手鄭捷辯護的律師黃致豪，當時第一印象是 ——「蠢」，「（結果）衰梗㗎嘛，做呢類型嘅辯護律師」。

後來，他讀到一段新聞：「黃致豪為鄭捷辯護期間，曾不帶評斷地將受害人的身家背景，說給鄭捷聽，將鄭捷殺紅眼時看不見的『人』一一賦予真實生命。鄭捷對他說，『如果我早一點認識你們，也許我就不會這樣做』。黃致豪略顯激動的說：『就只是真心傾聽，它的力量可能大到無法想像』。」

黃致豪的用心深深打動張可堅，他找來編劇郭永康創作劇本，希望從中探索法律的意義。然而，這套圍繞法庭審訊的劇作，16 幕當中，沒有一幕在法庭內發生，場景倒是在電視台、監獄接見室，嘗試從傳媒、加害者及受害者家屬的視角，將慘劇更立體的呈現在觀眾眼前。

在舞台上，飾演兇手的演員，整齣戲都是以背面、側面示人，直至讀白一幕，才真正面向觀眾，這也是團隊刻意營造的效果 —— 兇手形象是模糊的。

張可堅舉例指，劇中有對白帶出兇手患有葛瑞夫茲氏症，但觀眾對他的認知又有多少？情況猶如大眾對鄭捷的不理解，他想藉此刺激觀眾思考案件背後的問題，不要太快下定論，「那個律師覺得這是一個人，不是野獸，於是在戲裡面，我們希望觀眾自己想：這個人是怎樣的？到底怎會做出這樣的事？」

劇中有一幕是這樣的：律師拜訪受害人的父親，希望他與兇手見面對談，對方說：「我個女由細到大，都冇做過一件對唔住人嘅事，點解個天要佢慘死？」這句對白讓我聯想到，早前的鑽石山荷里活廣場斬人案，死者家屬接受《明報》訪問時提到：「可唔可以問吓佢（兇手）點解？」

張可堅希望作品能讓觀眾反思，傳統司法制度外，還有沒有其他可能性。「那個人殺了人，若有精神病的，就入小欖（精神病治療中心），在精神病院度過餘生。但這只是一個處理的方法，我們可不可以避免呢？我們可不可以防止這些事情再發生？怎麼提升香港人的精神健康？有沒有多一點相關社會服務？」

傳統的刑事司法制度總告訴我們，判刑是用作阻嚇及懲罰，卻鮮有關注「判刑後，然後呢？」倫常慘劇繼續發生，繼續等候往法庭審理，有誰願意正視背後的社會問題？又有誰來修補受害者的創傷？

劇作另花了不少篇幅探討傳媒的角色和責任，帶出渲染的報道手法，對事件可能帶來的影響。另一邊廂，接收資訊的大眾，同樣需要學懂易地而處，「很多時候，不是發生在自己身邊，很多說話都很容易講。現在戲劇呈現給你，發生在他們（角色）身上，是不是就這麼容易『食花生』？你說這些話時，有沒有想到他的家人？家人都要 suffer（受苦）。」張可堅慨嘆。

這讓我想起曾有一宗精神病人勒死女友判感化的案件，討論區出現「喺香港白卡真係無得輸」、「真係完全不合邏輯」等留言。也許社會上不同持份者，不論你是局中人、記者，抑或旁觀者，都需要更多的「同理心」。

作為一名法庭記者，有時候在庭內忙於抄錄重點，會刻意壓抑情緒，務求盡快完成報道。久而久之，會不自覺的將刑期、判詞等內容，視為冷冰冰的數字和文字。但其實這些案件，都是一個個有血有肉的故事。那位擲斃初生女兒的母親，珍惜孩子，卻受產後抑鬱困擾，不獲家人關心而犯錯；那個燒炭殺死患末期肺癌妻的丈夫，深愛着妻子，不忍對方受苦而了結其生命。

每一宗案件，永遠不只牽涉被告及受害人，可能與一個政策、一個機制或更多的持份者有關。我們在記錄法庭案件的同時，也應盡力還原背後的故事。我也會時刻的提醒自己，被告或受訪者，不僅是一個刑期或一句「soundbite」，而是一個有靈魂的人。

值得細味的台詞還有很多，在此不一一劇透。若大家有機會觀看，或會跟我一樣，對我們的社會、我們的法律制度，有一點反思。

記者 馮家淇

2025.6.9

查探死因能否不問責任？

各位訂閱讀者：

相信大家對「死因研訊」並不陌生，最近就有兩宗在 13 年前發生的事 —— 南丫海難及的士司機陳輝旺的死亡事件，均召開死因研訊。

但你又是否了解，死因研訊與一般刑事審訊有何分別？常聽到的裁斷結果，例如「死於自然」、「合法被殺」、「死於意外」等，其實代表甚麼？

《法庭線》近日刊出了一個有關死因研訊的專題報道，記者訪問了曾參與研訊的家屬 Kevin。Kevin 的母親曾賽茹生前在康文署任職樹木組技工。2021 年 8 月，曾女士被派往西營盤鋸樹，她搭載的升降台吊臂突然折斷，急墜撞向大吊臂。曾女士與另一名受傷工人由消防員救出，她送院後不治，遺下丈夫和 Kevin 在內三名成年子女。

Kevin 在訪問中分享自己為母親追尋真相的決心，以及突然要置身法庭，親自提問的徬徨與無助。

記者同時訪問了曾任死因研訊主任、家屬律師，以及以社工身分在旁支援家屬的不同專業人士，了解死因研訊的本意，嘗試探討這制度在實踐上為何往往讓人感到有「距離」。

就以死因研訊特點之一，「不問責任」為例，每次召開死因研訊，裁判官都會強調，死因庭只處理死亡事實，不會處理責任問題。但其實，為何不能追究責任？

報道中提到，法改會曾發表報告解釋，如有人事前未接獲警告，或未有機會準備，而在死因庭上突然受指控，會對該人構成不公，故希望各方先擱下責任問題，撇除對被追責的憂慮，在庭上如實作供，共同以還原真相為目標。

但對家屬而言，至親突然死亡，他們最想知道的，正正是「誰要負責」。曾任家屬代表律師的文浩正亦指，死因與責任有時難以二分，「如果家屬面對的（需要）不得要領的話，其實死因庭就會喪失了它本來的善意。」

報道還提及另一個值得關注的問題，就是法律資源不對等。

當研訊牽涉政府部門或大機構，一般都會聘請律師團隊代表。另一邊廂，由於死因研訊不處理賠償問題，如未獲法援，家屬聘請律師意欲不高，很多時會選擇親自處理。

問題是，死因研訊召開前牽涉不少程序須家屬做決定，例如是否解剖、需否申請專家報告副本等。到正式開庭時，他們要翻閱大量文件，消化龐大資訊，還要懂得在庭上如何發問。

2021 年 8 月 20 日，康文署樹木組技工致命工業意外現場進行路祭。

社區組織協會幹事彭鴻昌指，如沒有律師、社工協助，「可能警方，或醫院的病人聯絡主任，都會跟家屬簡單說一說，但如果仔細地、每個步驟要做甚麼、需時多久、可以申請甚麼文件…… 現時基本上是沒有正式協助途徑。」

事實上，不少普通法國家近年已對死因研訊制度作出檢討，例如英國司法機構 2024 年發表報告，指有持份者倡拓闊「死因」定義；澳洲新南威爾斯州議會則建議增加資源，為家屬提供法律及輔導等支援等。

要拉近理想與現實的差距，本港制度有否改善空間？就如文浩正提到，若我們希望責問的是系統問題，而非個人責任，本港條例可否考慮放寬？

而即使面對重重挑戰，受訪家屬 Kevin 指他在過去 4 年從未想過放棄，「如果死了人，事件丟淡後就得過且過，我覺得很猖狂。我不可以讓這件事發生。」

對每一位家屬而言，為逝者追討公義、追尋真相，可能是他們能為至親做的最後一件事。當法律講求程序公義，會否也能更加顧及家屬的需要呢？

《法庭線》編輯室

2024 年 12 月 17 日，康文署修樹女工死因研訊經歷 8 天聆訊後，死因裁判官林希維裁定死者死於意外，直接死因是多重胸部創傷。他認為，涉事吊臂斷裂原因為「金屬疲勞」，而涉事車輛於案發 5 個月前曾做年檢，不評論是否涉及人為疏忽或責任，指這方面將循民事定斷，又指由於康文署已落實勞工處的改善建議，毋須另行給予意見。

延伸閱讀：

專題｜與法律語言、程序、證據周旋

遺屬如何在死因庭裏尋真相？

第五章

守住法庭線 由跑新聞到學經營

摸着石頭過河，從成立到三周年的小媒體之路

2022.5.22

啟航：
守住記錄法庭這條線

各位讀者：

你們好！這是《法庭線》第一份電子報，先簡單解說。在「編輯室手記」，我們會談談每周最新動向，例如各項計劃的進展、困難、採訪背後的故事，或者編輯室的思考和討論，有時也會加入報道預告。在「一周回顧」，我們會整理過去一周的焦點報道；至於「下周焦點」，我們會羅列未來一周預定提訊、審訊或判決的重要案件。

衷心感謝你們每一位的支持。正式運作的第一個星期，我們獲得數百人訂閱，年訂 200 萬元收入的目標，完成了 18%，反應超出預期。我們預計一些社會關注案件陸續開審，未來數月人手將變得緊絀，希望爭取盡快達成目標，獲得足夠資源應付。

在社會充斥無力感的當下，我們曾經憂慮新聞，尤其是法庭新聞，已失去大眾關注，但你們的訂閱和鼓勵訊息，以及有心人的公開推薦，都令我們明白法庭新聞「仍然有得做」，而且前路漫長。

《法庭線》營運初期辦公室

這星期，我們的記者重新坐上各個法庭的記者席，合力完成了大約60篇報道，也推出了「一周焦點報道」回顧及「法律101」系列文章，初步反應不錯，會再作檢討。這個周末，我們也在準備第一個專題，嘗試回顧一宗法庭死因研訊，探討相關的社會議題。

平台剛起步，我們需要思考量與質的平衡，也在探討讓讀者更易掌握和閱讀法庭新聞的方法。傳媒前景不容樂觀，感激各位這個時刻與我們同行，給予信任和支持，也懇請大家持續關注，將《法庭線》推介給身邊人，多分享你認為重要的報道，助我們將法庭審訊的紀錄傳得更遠。

最後，關於《法庭線》這個名字，想與大家分享一件趣事。某日我們想起「線」字，覺得不錯，開始聯想出不同的「線」，包括「法線」，口號幾乎同步出爐 ——「不能向後移」。在笑聲中，「法線」最後落選，但記錄法庭這條線，我們還是希望盡力守着，不往後退。

《法庭線》編輯室

2023.5.8

《法庭線》一周年：一場未完的社會實驗

各位讀者：

《法庭線》由 2022 年 5 月 16 日開始正式營運，即將完成第一年的運作。

我們最初定下了一些目標，例如填補法庭報道的空白、增進公眾對法律概念和法庭用語的認識，以及培育法庭記者等等，近日開始回顧及檢討成果。

需要檢討的還有營運模式。我們最初選擇將所有報道免費開放，並依賴部分讀者訂閱持續營運。經過 11 個月的努力，現時有超過 2,400 名訂閱讀者（包括曾經訂閱的讀者），透過月訂或年訂支持，成為我們最主要的收入來源。不過現時仍未達到月收支平衡。

我們的編採及設計團隊，全職和兼職成員共有 13 人，每月的最主要開支為薪酬，其次是辦公室租金。我們主要收入來自讀者的年度及每月訂閱收入，惟與每月支出仍有距離。請放心，我們謹慎控制開支，短期營運暫時沒有問題。不過我們也在思考，有沒有方法開拓收入。

我們也在檢討工作流程，其中兩個調整是將「法律 101」由每周一文，變成每兩周一文；另外將電子報由逢周六或周日發出，改為逢周日或周一發出，希望調節工作量及節奏，減少 OT，也留更多力處理大案審訊及專題報道。

我們衷心感謝各位支持，最近發布了一周年工作報告，我們也在思考第二年營運的目標。以下為一周年工作報告加長版：

2022 年 5 月，《法庭線》在數間媒體停運、數十名法庭記者流失的境況下成立，希望填補整體法庭報道減少的空白。這一年，多宗有關言論、新聞、出版、結社及集會遊行自由的案件，在各級法院處理；法庭在《國安法》案件詮釋條文，全國人大常委會亦首次就《國安法》釋法。

我們過去一年發布逾 2,600 篇報道，除了記錄審訊過程，亦整理法庭裁決的理據，讓公眾了解自身權利受到的影響，例如 1997 年後首宗煽動刊物罪審訊的「羊村繪本案」判詞解讀；關乎社團及外國代理人的「612 基金案」、「支聯會拒交資料案」聆訊整合。審訊中的「民主派初選 47 人案」，我們每日實時報道證人作供；在「立場新聞案」，我們整合前總編輯鍾沛權庭上 36 日供詞。

反修例運動發生近 4 年，我們整理數百宗暴動案數字，追蹤進度，當中最多人被捕的理大衝突，我們整合時序、各區當時情況。我們亦製作影像報道，讓讀者透過影片收看重要的審訊及專題報道。

關乎公眾利益的非社運案件，我們亦着力報道，例如南丫海難難屬入稟求開死因研訊、迷你倉大火死因研訊跟進、跨性別人士挑戰改身份證性別終極勝訴，以及「免針紙」司法覆核等等。我們亦刊出近 50 篇「法律 101」文章，講解法律概念、法庭用語，讓公眾更易理解法庭新聞。

《法庭線》的報道全部免費開放予公眾。我們以每周電子報吸引訂閱支持，至今約有 2,500 位年訂及月訂讀者；我們在電子報發出了逾 50 篇編輯室手記，補充重要案件的資訊、庭外觀察，也分享媒體營運的困難和動向。

截至 2023 年 5 月 5 日，營運首年年訂 200 萬元的目標完成了 90%，加上月訂收入，讓我們得以維持運作，並增聘有心、具潛質記者應付重要案件接連開審的情況。我們的編採及設計團隊由初期 5 名全職及 2 名兼職，增至現時 10 名全職及 3 名兼職。每月的最主要開支為薪酬及辦公室租金。我們亦分配資源，提供實習機會，讓有興趣的大學生體驗法庭記者的工作。

首年運作進入最後一周，預計年訂目標未必能夠達成，不過在訂閱讀者支持、我們謹慎控制開支下，仍能維持運作。我們也在擬訂第二年的年訂及營運目標，將陸續聯絡訂閱讀者，尋求續訂支持。

一年前，我們曾說創辦《法庭線》，是一場社會實驗，究竟一個專門報道法庭審訊的小型媒體，在香港有沒有生存空間？會否有足夠讀者支持？

一年過去，這場實驗告訴我們，是可以的。縱使司法程序有時較為複雜難明、冗長沉悶，仍不難發現社會上有一群堅實讀者，追求及時、準確及持平的法庭新聞。是你們的信任和支持，造就了這相對自由的空間，讓一群曾經流散的法庭記者，能夠重新出發。大家持續的關注、鼓勵、分享、公開推薦，亦幫助我們將法庭審訊紀錄傳得更遠。

這一年，法庭、法律和司法有不少新發展，人手及經驗所限，我們自知不足，而傳媒環境的前景難言明朗。在狹縫中，我們會繼續努力謹守法庭記者席的崗位，在香港和法庭現場見證和記錄，盼望爭取到更多讀者訂閱支持，繼續獲得足夠資源維持營運下去。

「好多人都話法治已死，點解仲要做法庭新聞？」

過去一年在不同場合，不只一次被問到這問題，我們曾於編輯室手記提到，「法治是生是死，不由我們判斷，我們也無意作判斷。我們只是想，在法治內涵轉變的過程中見證和記錄——與你們，與大眾一起見證和記錄。」

對於這個問題，我們也確實沒有答案，但最近想起一位法律界前輩曾說，「法治」重中之重的原則，是秉行公義必須有目共睹。終審法院非常任法官包致金亦曾指，「傳媒本身就是法治一部分」。這樣看來，《法庭線》這段時間能夠充當大眾耳目，將法庭內外每個細節、各方陳詞一一記下，忠實地為各場審訊留下紀錄，或許，都承載着某種意義。

這些紀錄最後會留低哪種意義，就讓我們一同見證。

《法庭線》編輯室

2024.5.21

《法庭線》兩周年：如何讓讀者看得見？

各位讀者：

《法庭線》正式踏入兩周年！我們整理了兩年運作的數據，向大家報告，包括累計發布近 5,000 篇報道，亦製作了近 100 段影像報道、近 50 集 Podcast 節目，以及刊出了逾 70 篇「法律 101」文章，推動法律知識普及。

過去兩年的主要收入來源是讀者年訂及月訂，佔 94%，來自大約 2,800 位訂閱讀者；其餘 6% 的收入，來自產品銷售、內容提供及廣告。支出方面，新聞製作開支佔 91.5%，包括薪酬及器材等；餘下 8.5% 則為辦公室租金、勞保及宣傳費用。

我們連續兩年的年訂收入都未能達標（第一年目標為 200 萬元，達標率 94%；第二年目標為 220 萬元，達標率為 72%），而第二年的年訂收入錄得明顯下跌，雖然月訂收入慢慢增加，但仍不足，需要動用儲備應付開支。

除了收入減少、儲備不足，我們亦面對新聞觸及率降低的問題，雖然我們在 Facebook、Instagram、Telegram、YouTube 及 X 等社交平台，有逾 17 萬人次追蹤，但不少讀者反映很少看到我們的報道，這個情況既窒礙傳播，亦令我們較難獲得新訂閱收入。

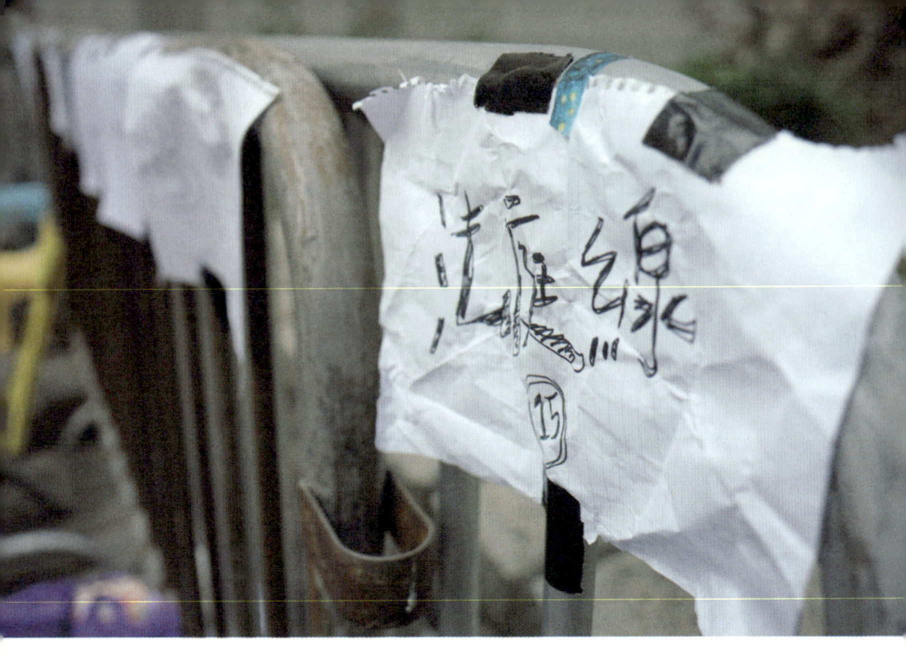

新一年度，我們維持年訂收入 220 萬元的目標，將檢討訂閱流程、加強宣傳，亦會嘗試以新方式擴大讀者群，並開拓訂閱以外的收入渠道。我們也在準備新計劃，希望盡快有進展，可以與大家分享。

仍記得兩年前，我們在沒有窗的工廈小房間起步，商量 Logo、網站設計，重新在記者席聽審，然後由專題、法律 101、影像、實時、直播到 Podcast 節目，一次一次新嘗試，盼在公眾注視法庭案件的時勢，做出回應到社會需要的法庭報道。

我們不刻意追求 page view、hit rate，選題時考慮公共性多於城中熱話，花更多篇幅解釋法庭程序、交代庭上及判詞的內容；深知這不是容易爭取關注度的方式，不過看到讀者讚賞內容詳盡、說看過報道明白了法庭發生的事，甚至學到新知識，就覺值得堅持。

有時亦看到讀者留言的內容，知道閱讀、消化了報道內容，我們都會感到滿足和高興，覺得用心撰寫的每字每句有了更大的意義。我們知道仍有很多不足，需要學習，特別感謝讀者提醒、指正，讓我們能及時糾正，令報道更加準確。

衷心感激大家，全賴你們的支持，月訂或年訂、購買產品、送上打氣食物和心意卡、鼓勵與指正，以及閱讀和分享報道，《法庭線》才有今天的模樣。這兩年的經歷很寶貴，記者們也累積很好的經驗。前景仍然難料，我們「有得做，繼續做，努力做」，也希望繼續有你們同行！

PS 兩周年是在忙碌中度過，同時有 3 個專題推出，鄧桂思死因研訊整合、黎智英案李宇軒供詞整合及 47 人案控罪分析，都是用心整理的重要紀錄。我們會繼續做好報道，爭取更多訂閱支持，讓《法庭線》可以持續運作！

Cat、信熙

2024.7.22

記《公民司法認知》出版

各位讀者：

在獨立書店書展，有讀者問《公民司法認知》的設計理念，然後在晚上的新書分享會，有參加者說欣賞新書的設計、排版與內容鋪排，「雖然而家個世界有好多嘢好醜，甚至醜陋，多謝你哋俾我哋睇到一啲靚嘅嘢。」我們又驚又喜，這真是個很大的讚賞。

這本書得以出版，很關鍵的一步是編寫大綱。「法律 101」的靈感，很多是來自進行中的案件或者時事，兩年來雖然累積了很多篇，但主題雜亂無章，全賴製書團隊系統地整合為程序篇、審訊篇、判決篇與制度篇，呈現出刑事制度的輪廓，而我們為令內容更加完整，亦追加了普通法、訟費等文章。

有一些文章，在撰寫時還未有合適、較多人認識的案件例子，我們逐篇檢視並追加這一至兩年的案件為例。例如在「甚麼是刑事上訴？」一文，我們追加了蔡玉玲案及李卓人等 4 人五一請願違「限聚令」一案，加強說明上訴至終審法院的兩種理據，變成了現時書中「甚麼是三審終審制？」一文的版本。

法律概念、程序不易消化，這主題先天令人有距離感。如何令普通的讀者逛書店時，願意拿起一本講刑事法律的書進一步了解，或者更深層次地，如何消減法律知識予大眾的距離感、促進閱讀，是設計師的一大難題。

新書由劉仁顯設計，他很早已探討紙卡以外材質的封面，現在的成品採用布封面，予人額外的親切感，綠色底色是《法庭線》的風格顏色，白字加燙金帶出法律嚴肅一面（遠看像法律典籍），但以貓像創作泰美斯女神，跳出僵化的印象與框架，也帶出貓的元素 —— 是的，這不是一本「正式」的法律書，我們借助貓的力量，說公民應該知道的法律。（細心看，燙金的邊框還有老鼠！）

插畫師是 Kensa Hung。「法律 101」文章一直用貓貓增加閱讀趣味，但將貓的相片搬進書本未必好看，他在不同主題的文章發揮創意，畫出不同神態、動作的貓插畫，我們收到他的作品時會心微笑，有一些還會讓人猜想他創作時的想法，法律書的趣味能做到這一步，超出我們想像。

排版則可能是最花時間的工序，書中內容豐富，有字、有例子、有表、有相，本已較複雜，而且例子不時有新進展，「23 條」落實後亦改變了不少既有的程序，例如獄中行為良好提早獲釋、解除 87A 條報道限制等，再加上偶發事情例如終院海外非常任法官提早請辭，以致我們不時一改再改。

這些修改，有時牽涉一段幾行移位，有時涉頁數大改動，幾乎要重新排版。團隊依舊能維持水準，及時將新舊內容整合，清晰、整潔地呈現，實在是勞苦功高。

還有發行的留下書舍，整個過程與印廠協調，發行銷售網絡，由他們一手包辦。他們也是首次踏足發行，摸着石頭過河，付出了很大努力！還要感謝他們讓在《法庭線》購書的讀者在書店取貨，對我們和讀者來說是很大的方便（取書時也請逛逛他們的店，很多好書！）。

我們亦希望能照顧電子書讀者的需要，推出電子書版本，但我們也很想努力推廣實體書，因為這本書除了內容，在設計上也花了很多心思，而這些心思可能拿上手才能感受。

為了實現設計理念，這本書的印刷成本不低，而出於推廣知識的初衷，加上《法庭線》的認知度亦不高，我們不敢亦不想定價太過進取。不過聽到有人說覺得值回票價、「睇到一啲靚嘅嘢」，看到書本背後的心思與很多人的努力，我們就心滿意足。

《法庭線》編輯室

2025.1.6

2025年小媒體求存記

各位讀者：

全賴你們持續支持，《法庭線》完成了2024年的工作，我們剛刊出了2024年工作報告，總結表現，邀請讀者繼續訂閱支持。

今期手記也和大家分享以下這張圖表，它統計了六類報道的數目（不包括逾2,000篇即日及實時報道），可概括地了解我們的表現。我們的「法律101」及Podcast維持穩定的產出，當中「一周法庭線報」開拓了喜歡收聽報道的讀者群；「法生咩事」的產量也提升了，前線記者的加入為節目開闢法庭現場的視角。

《法庭線》六種報道方式產量的按月總和（2024）

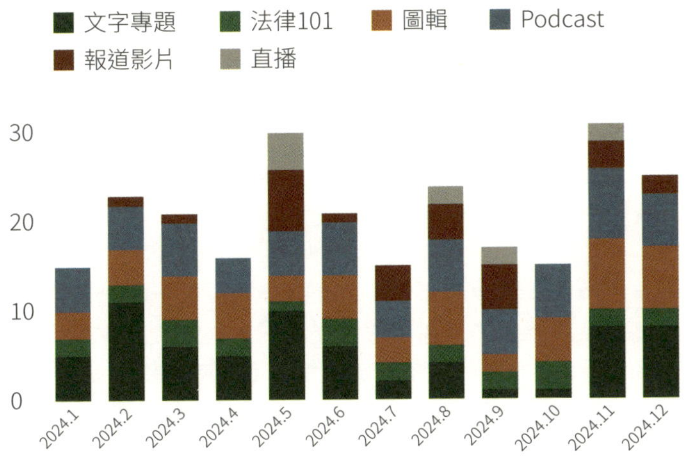

法院現場直播切合渴求最新一手消息的讀者，我們在幾個重要裁決日實行，反應不錯，可見需求不少。文字專題、由資訊圖片組成的圖輯、報道影片基本維持每月都有產出。

大家可能都關心我們的收入與支出情況，這裡也簡單說說。

我們在兩周年已面對年訂收入明顯下跌的困境（第一年目標為 200 萬元，達標率 94%；第二年目標為 220 萬元，達標率為 72%)，而本年度維持 220 萬元的目標，截至 2025 年 1 月初（運作 7 個月），暫時進度為 54.5%。

我們知道不能全部依賴訂閱，2024 年努力編纂出版《公民司法認知》，新書初步錄得盈餘，減輕一些財務壓力，也帶動了訂閱。不過在銷售期後，年訂及月訂收入都明顯減退，訂閱人數亦有明顯的流失。

訂閱仍是我們最主要、最重要的收入來源，本年度尚餘 5 個多月，我們希望繼續做好報道、加強宣傳，努力爭取達成年訂收入的目標。

在這幾年的環境，媒體生存不易，我們衷心感謝各位支持。我們也希望誠懇地表達，我們除了掙扎求存，還希望取得足夠資源投入新聞製作，做出更多好的報道，回應時代和社會需要。

國安、社運案件固然是備受大眾關注，而在這些之外，還有很多法庭案件值得探討，對社會大眾也很重要。

例如政府剛在 2024 年 12 月底提出上訴的粉嶺高球場司法覆核案，裁決如何影響發展計劃的環評，在政府力推各項大型發展計劃之時尤其重要；又例如 2024 年審結的童樂居虐兒案，是香港非常罕見、規模頗大的兒童剝削，庭審揭露了甚麼問題？各方是否已透徹地反省？

資源緊絀，生存無疑是艱難，但我們看到的是為數不少的讀者，在艱難時勢仍盡力支撐編採獨立、身位靈活的小型媒體。作為其中一員，我們熱切地投身不同形式、節奏的報道，盼望善用各位支撐着的這片小空間，為社群做更多有意義的採訪和報道。

《法庭線》編輯室

特別收錄

《法庭線》三周年專訪

茫茫大海中
航行了三個年頭的船

／阿果

回到《法庭線》創立的第一天，陳婉婷 (Cat) 和陳信熙根本沒想過，三年後這間媒體是甚麼模樣，甚至連到時它是否仍健在，也預計不了。

這些年在香港辦媒體，死因可以有很多種。兩人都是個性謹慎的記者，自然把所有可能性通通預想一遍 —— 香港人迴避新聞怎麼辦？讀者不願付錢點算好？拉人封舖怎應對？左思右想，還是決定在 2022 年的香港，創辦一個新聞媒體，心態很簡單：「計盡條數，最多咪玩一年囉。一年後如果蝕得很嚴重，這個社會實驗完成，大家各散東西去搵其他目標囉。」兩位創辦人異口同聲。

那時他們未知道，原來起步不是最困難，真正的考驗在後頭。

「你不會想到，原來出了海之後 …… 」三年後，Cat 以船為喻，「船長有那麼多事情要兼顧。」另一「船長」信熙很認同：「那艘船已經離開碼頭，啟航了，我們怎樣穩定地繼續向前行，大海茫茫，要去哪裡？左還是右？東南西北，哪個方向？」

「壓力原來比我們想像中大。」

啟航之時

訪問約在《法庭線》辦公室進行。他們最初在沒有窗的工廈梗房起步，半年後搬進共享辦公室裡一個百餘呎房間，至少有窗，讓外面的陽光灑進來。雖然搬來已兩年半，房裡卻沒大變化，埋頭苦幹的仍是那幾張面孔，每日工時還是一樣長，倒是 Cat 和信熙座位旁邊的白牆，除了一搬來已掛起的鯨魚圖、「不畏強權 如實報道」的書法畫，近年還貼上了《法庭線》首次出書的廣告傳單，以及一張羅列「47 人案」被告資料的 A3 表格。

成立三周年當日，他們沒在社交媒體出 post 慶祝，只是默默地繼續刊出報道，一如《法庭線》營運的第一天。

2022 年 5 月 15 日晚上十時，Cat 和信熙待在電腦前面，像發射火箭般，準備公布《法庭線》面世的消息。三、二、一，按掣。帖文沒用上「創刊辭」一類字眼，只簡單宣布媒體翌日正式運作，另附有八秒短片，表明「身在現場 見證記錄」，就這樣簡單。

對於外界迴響，兩人最初沒太大信心，信熙想着：「買份報紙十蚊，現在只抽中間那張法庭版出來賣喎，有無人會付錢看？」他計算過，創刊初期，如讀者反應未如理想，訂戶不足的話，或許連營運半年都有困難。幸好外界反應遠比預期中熱烈。「一傳十，十傳百 …… 這個 post 可能是我們創辦以來數一數二最多人讚好的一個。」Cat 回想，這些年很多人說不想再看新聞，「但那一晚網上的反應，令我覺得似乎還有很多人關心，或者覺得，香港需要有一個法庭新聞的媒體。」

《法庭線》資源有限，不計每天留守 office 的兩位編輯、美術設計師，前線記者最初只有四人，但要「填補法庭報道的空白」，定要盡量覆蓋各個法庭，怎麼辦？創刊階段，年輕同事們一日跑幾間法庭，個個每天交回三、四篇稿，不為跑數，只求讀者認識這家新媒體。「他們好搏命，覺得《法庭線》剛剛出來，當然要做多一點，讓人看得見。」Cat 說，「大家都滿腔熱誠，去想怎樣去製造這艘船。」

船的進化

三年過去，這艘船未有進化成豪華郵輪，卻至少在基本結構以上，增添了不同部件。

早於創刊時，兩創辦人已構思，在日常報道以外作不同形式嘗試，只是人手不足以應付，「前線同事已日日在法庭跑，你還要他交完 daily 之後，再花時間做專題報道，不是不行 …… 但花的時間長很多，亦都辛苦。」是後來增聘了記者，人手稍為鬆動，才可處理一些沒那麼即時的文章，例如人物專訪、數據統計、判詞分析。

信熙舉例解釋：「郭偉健法官就羊村案寫的判詞那麼長，平時法庭新聞報道只有幾百字，是否足夠向讀者反映，其實發生甚麼事？究竟法官在想甚麼？那些法律原則，（媒體）是否可以多說一點？」說到底，「在法庭忠實記錄和報道」是《法庭線》宗旨，但兩人也反覆思考，讀者真正需要的，其實是甚麼形式的紀錄與報道。

困擾兩人的其中一道難題是，有時即使做了好的「故仔」，也未必能夠觸及讀者。這個年頭很少人直接瀏覽網站，作為網媒，《法庭線》自然倚賴社交媒體推送報道，偏偏演算法愈來愈不利新聞內容。以 Facebook 為例，《法庭線》早期報道動輒獲過千讚好，如今數字不時跌至區區幾十，Cat 也不解：「有時會想，其實還有多少人在看這篇報道？究竟人們對這單新聞沒有興趣，還是根本去不到他們面前？而我不覺得那些只有幾十個 like 的新聞不重要，所以就要想想中間出現甚麼問題。」

因為演算法的障礙，也因應讀者分散的口味與習慣，他們思考以不同形式「說好法庭故事」，嘗試錄 Podcast、拍短片、做直播，2024 年還將「法律 101」專欄輯錄成《公民司法認知》一書，於 Spotify、YouTube、書店接觸到新的讀者群體。信熙坦言沒有成功方程式：「其實都是摸着石頭過河，無論是媒體怎樣生存，怎樣回應社會發生的事，以至如何迎合讀者需要⋯⋯ 我們每一刻都在想怎樣做。」

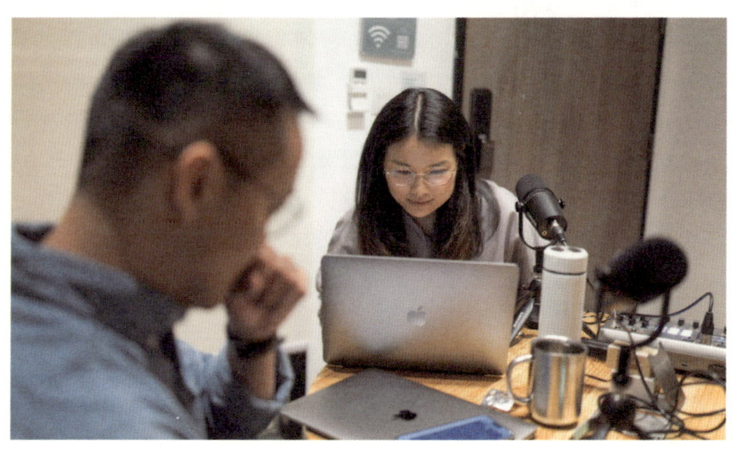

Cat 與信熙為《法庭線》Podcast 錄音

如果大海變了樣

法庭新聞的迴響不若以往，可以歸咎於社交媒體的限制，但也可能因為香港的「海域」確實出現變化。

前幾年法庭新聞備受關注，一大原因是不少案件與社會運動相關，亦有很多普羅市民認識的人物牽涉其中，如理大衝突、元朗 7.21、47 人案，大眾記憶鮮明，對審訊過程及裁決結果自然着緊。然而如今已是 2025 年，撇除少數上訴或延誤的個案，大部分社運案件審得七七八八，跟兩三年前高峰期法院連星期六早上都要開庭處理暴動案，不可同日而語。

「變相社運的新聞客觀上真的少了，如果有些讀者是想看這類報道，會不會因為這樣不再訂閱支持，這是我們要面對的現實問題。」信熙說。

有些涉及公眾人物的案件，即使曾經哄動一時，但審訊過程漫長、內容看似重複，讀者亦未必有興趣每日緊貼。信熙想起《蘋果日報》案，「你想想，《蘋果》最後一天印了一百萬份，應該是許多人親身經歷的事……」但到黎智英出庭作供，談及報社內部日常運作，報道刊出後的迴響，卻沒想像中那麼大。Cat 直言，這不單是他們要解決的困境：「很多人說不想再看新聞，有種政治冷感，這是全行都要面對的問題，只不過對於一些收入主要靠讀者支持的媒體，影響就最直接。如果他不關心，不覺得要訂閱，你的媒體就支撐不了。」

香港人又回到不理會公共事務，只顧吃喝玩樂的日子嗎？近年網上常見這說法，但信熙從《法庭線》網站瀏覽量窺見故事的另一面：「比起我們剛成立時，數字其實穩定地上升，當然總數不是很多。所以會不會有種可能是 —— 現在的社會氣氛，令大家不想在社交媒體上分享，連畀 reaction 都很抑制？反而私下才安心地分享、討論？」他保持一貫謹慎的語調：「熱情可能是減退了，但減了多少、實質變化是怎樣？我覺得我們掌握不了。」

何況就算社運案件減少，還有很多事情在法庭內外發生。Cat 一口氣數了幾單他們眼中很重要的案件，如南丫海難死因研訊、涉及囚權、同志平權的司法覆核申請：「我們實在看到很多案件，本身可能不太吸睛、較少人留意，但反而更想花多一點氣力和精神，將這些事件報道給讀者知道。」

《法庭線》共同創辦人陳信熙

她又引述劉進圖為他們上一本書撰寫的推薦序，指出法律從來都是香港社會重要部分，法庭新聞也不是這幾年才變得重要——1991 年的《人權法》、1997 年的《基本法》，都為香港司法制度帶來不同衝擊，近年備受關注的還有《國安法》及 23 條。「《國安法》跟香港本地法律怎樣銜接或應用，影響到甚麼？老實說，我覺得還有很多事情可能發生。這個過程有一段時間還未完結。」信熙補充。

2025 年法律年開啟典禮

在這個「船長」眼中，就算以後海上沒那麼多受關注的大事件，不代表船的任務終結。

「當記者採訪完一宗案件，可能覺得已盡力、最美好的仗我已打過，但對香港來說不是。你看看還有一班律師在法庭裡面，一字一句盡量辯論，過程中法庭又會否接受？簡單來說，我覺得我們的紀錄未完。我們的歷史任務還未完。」

船與船之間

《法庭線》成立前，Cat 和信熙曾經把各大傳媒刊出的法庭新聞，跟當天的審訊表作對比，結果發現，大部分案件雖然有被報道，但刊出時間較慢，篇幅也較簡短，他們得出結論：如果把法庭新聞做得更詳細清晰，應該有市場需求。

三年來，《法庭線》前線記者團隊最高峰時期有六人，看似不多，卻是全行數一數二。反觀其他傳媒的法庭組，據了解近年部分 head count 維持不變，但亦有機構減至只餘一兩人。這樣問題來了，由於法庭審訊跟其他新聞有別，它沒有直播、不准錄影，事後亦不設記者會，當記者人數減少，有些新聞碎片或許就會消失於茫茫大海裡。

《立場新聞》案裁決日，區域法院門外傳媒

2025 年 3 月就有一宗廣受注目的法庭新聞，陪審團一致裁定強姦案被告無罪，引起公眾嘩然。《法庭線》報道只簡單敍述控方於開案陳詞的指控，以及陪審團裁決結果，留言區一片質疑聲音：「點解記者沒有報道控辯雙方的結案陳詞及法官的判詞」、「我只想知道原因，呢個報道令人失望。」

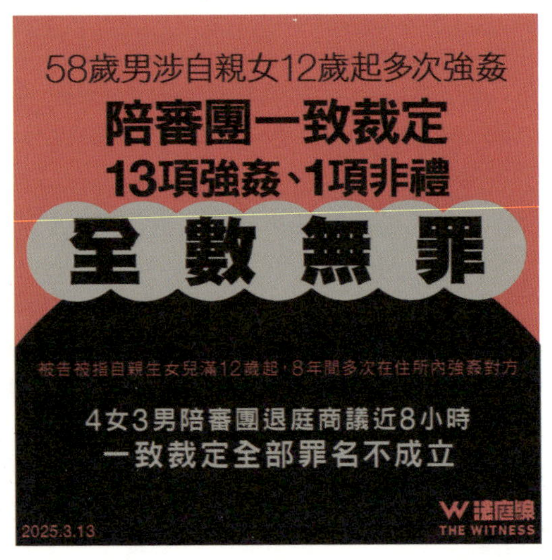

Cat 事後撰寫編輯室手記向讀者解釋，其實不少傳媒在開案當日都有報道，但隨着審訊進行，到事主、被告作供，繼續報道案件的媒體愈來愈少，到控、辯結案陳詞及法官引導當天，甚至未見任何相關報道。至於《法庭線》記者去哪兒了？同期進行的審訊包括黎智英案、反恐條例第二案，還有支聯會拒交資料案終審裁決、陳虹秀 8.31 暴動案裁決等，她形容每日決定派人手到哪裡聽審，其實等同思考「5 個蓋如何冚 10 個煲」，「取捨過程難免會『犧牲』了部分案件。」

這件事多少反映《法庭線》運作的局限。在法庭記錄固然重要，但資源有限，分身不暇，除了取捨別無他法。他們每日安排「菜單」時，除了思考案件是否重要、公眾有多關注，有時還要宏觀一點，想想其他媒體的取態：「有些案件你覺得人人都會做，少你一個媒體也無妨；但有些案件如果你不報道，其他人也不會做了。」Cat 說。

說到底，公眾能否得悉重要新聞，從來不止是一艘船、一間媒體的工作，而是整片大海、整個新聞行業的事。

2024 年，西九法院門外的記者席輪候區

明浪與暗湧

《法庭線》於 2022 年創立，此前一年香港多間媒體相繼停業，多人被捕下獄。大風大浪，足以把每一艘船吞進大海深處。

因此起航之時，兩個船長經常衡量「翻船」風險。信熙憶述當時心境：「限制很大，不確定性很大，怎樣在短時間內讓人知道我們想做甚麼，又怎樣迴避那看不見的『紅線』？」三年過去，明浪暗湧雖然從未停止，但他至少學會如何與風險相處並存，「心裡想着，不要超過某條線，又或是做決定前，自己要想好怎樣解釋。」

見慣了風浪，他們慢慢發現，船長要駛好一艘船，除了起初最憂慮的收支平衡、政治風險，還要顧無數或大或小的事 —— 比如說，如何接觸讀者？怎樣與團隊成員有效溝通？是否有需要調整編採方針？信熙苦笑回想：「以前很幸福，只需要想怎樣做好新聞、怎樣採訪，頂多想到故仔要怎樣『出街』。」

Cat 有同感：「現在卻是做完一單新聞，明天、後天要想第二單、第三單怎樣做，然後眨下眼又三周年，眨下眼又年尾 ……」團隊又要開始構思出書、整 product，呼籲讀者訂閱支持，「這些事情不會完，而且有很多範疇對我來說，都是全新的。」

《法庭線》共同創辦人陳婉婷 (Cat)

自從 2021 年起多間香港媒體倒下，不少記者相繼成立小型媒體，留守現場，持續記錄。小媒體誕生初期就像蜜月期，船上眾人總有燒不完的熱情，船下公眾既因好奇而注視，對這些舢舨、小艇的作品亦總比較包容。但隨着日子過去，風繼續吹，船尚未翻，一眾小媒體不能單靠熱情發電，還要深耕細作 —— 對外要評估形勢，聯繫讀者，做好作品，對內還要搞好行政，鞏固團隊，平衡生活 …… 對很多以前只需專注做好新聞的「船長」來說，這些才是真正考驗。

Cat 工作出名瞓身，但以前工時再長，下班後總有個人興趣，比如唱歌、跑步，這三年卻試過真正 burnt out，「有段時間回到家裡，就這樣躺着，甚麼都不想做。無論是公事，或是我本身有其他事要做，但就是不想動。」當時不發現，事後回想才覺不對路，「我做了十幾廿年嘢，從沒試過這樣不在狀態。」

明顯超出身體上的疲憊，而是心也累到不行。「有時很多事情我真的不懂，我又會給自己壓力，覺得很廢……」她罕有流露情緒：「幾件事加起來，中間有段時間真的有些吃力，連自己也覺得，這樣的狀態下去，怎可以繼續健康地營運呢？」

從《法庭線》辦公室窗戶外望，僅能看到的一線藍天

小媒體要生存不是易事，身心俱疲也難以完全解決，很多船長只能在來回拉扯的狀態下，繼續掌舵。工作上的使命感，成了不少媒體在艱難環境走下去的其中一種動力。像信熙，有時在船尾回望海面的軌跡就覺得，即使有些未盡記者責任的時刻，團隊畢竟留下很多事後翻看仍覺自豪的報道：「去到有些歷史時刻發生，我覺得我們整條船的人，可以出的力量都出了……我們好努力地留下了紀錄，留下了我們覺得重要的東西。」

讀者的支持，也是船航行下去的燃料。兩人經常形容《法庭線》是一場社會實驗 —— 究竟一個專門報道法庭新聞的小媒體，在香港有沒有生存空間？三年過後，實驗當然未完，他們倒有種幸福的發現：原來還有很多人願意關心法庭四幅牆裡面發生的事，甚至不遺餘力地支持。

「法庭新聞不是那麼貼身的東西，當你關心一個人在法庭裡面受的遭遇，本身是一件很高尚的事。」信熙說：「我們始終相信，社會上仍有相當多不止關心自己，還會看社會整體的人。說到底，他們是我們撐到最後的原因。」

原文刊於網站《留白》

法庭新聞怎麼做？——《法庭線》編輯記者思考手記

作者：《法庭線》

編輯：《法庭線》

設計：劉仁顯

攝影：Nasha Chan、Tszhei Chan、YM、Oiyan Chan、Sumyi Lam、Fung Ka Kei、Joy Lee、Wingyan Wong、Sharon Tam、Celeste Chung

出版：《法庭線》

發行：不停機工作室有限公司
香港九龍旺角西洋菜南街 228 號 4 樓
4658 9022
hans.bookstore@gmail.com

台灣總經銷商：紅螞蟻圖書有限公司

版次：2025 年 7 月初版

ISBN：
9 789887 138402

售價：港幣 168 元　新台幣 500 元